KB236902

강철 리그의 결투.

권경욱 게임 판타지 소설

기갑전기 매서커

GAME FANTASY STORY

기갑전기 매서커 14

권경목 게임 판타지 소설

초판 1쇄 찍은 날 § 2011년 10월 26일
초판 1쇄 펴낸 날 § 2011년 11월 2일

지은이 § 권경목
펴낸이 § 서경석

편집부장 § 권태완
편집책임 § 박우진

펴낸곳 § 도서출판 청어람
등록번호 § 제1081-1-89호
등록일자 § 1999. 5. 31
어람번호 § 제1-1283호

주소 § 경기도 부천시 원미구 심곡2동 163-2 서경B/D 3F (우) 420-822
전화 § 032-656-4452 팩스 § 032-656-4453
http://www.chungeoram.com
E-mail § chungeoram@chungeoram.com

ⓒ 권경목, 2008

ISBN 978-89-251-2666-1 04810
ISBN 978-89-251-1285-5 (세트)

권경목 게임 판타지 소설

기갑전기 매셔커

GAME FANTASY STORY

14

강철 리그 편

책과람

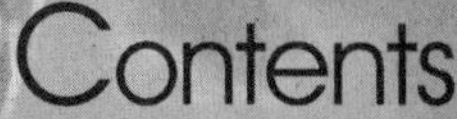

Contents

Act 00
노움을 찾는 사람들

機甲戰記
Massacre
기갑전기 매서커

타악—!

수많은 시선을 털어내기 위해 검보라색 로브 자락을 거만하게 털었다.

"아크 메이지 일단의 제자, 매드 지오입니다."

이런 식으로 족보(?)를 수많은 사람들 앞에서 말해야 했다.

크으, 배알이 꼬인다. 이 지오가 그 지오면 되었지 일단의 그늘에 기대고 있음을 밝혀야 하다니.

이 삐뚤어진 내가!

하나 그럴 수밖에 없다.

무슨 말이냐고?

일단의 스킬과 지식에 특별히 부여된 풍족한 마력을 쓰기 위한 검증 절차였다.

역시 E&T엔 공짜가 없다.

내가 나로서 존재하기 위한 선언은 일단의 그늘을 벗어나기 전엔 불가능한 일이라.

그를 거덜 낸 대가다.

여하튼 나를 바라보는 눈엔 의심이 없다. 다들 든든해 마지 않은 표정들이다.

나보다 아크 알케미스트 일단이라는 이름에 대한 신뢰와 믿음의 지지를 보내고 있음이라.

선망의 눈이 나에게 모아졌다.

"성질 더럽고 입 험하니… 말 걸지 마세요. 알아서 제 몫 할 겁니다."

……

그렇게 찬물을 끼얹었다.

싸한 정적이 여행가 캠프를 지나갔다.

캠프에 모인 일단의 모험가들 표정이 볼 만했다.

나는 어깨를 으쓱하고는 캠프의 제일 좋은 자리에 천막을 척척 치고는 들어갔다.

천막 밖이 그제야 소란스럽다.

한 재수없음을 성토하고 있음이라.

큭큭, 나를 보낸 일단이 일단 욕을 먹을 테지.

천막 밖으로 고개를 빠끔히 내밀었다.

다들 얼굴을 돌리며 외면했다.

보랏빛의 사이한 미소가 걸린 얼굴을 상대로 시비를 붙여봐야 덕 볼 게 없음이지.

……

천막 밖에 얼굴을 내민 채 밤하늘을 향해 누웠다.

별의 바다가 아름답게 펼쳐졌다.

그 별이 하나둘 내 가슴속으로 뛰어들었다.

그러자 나에 대한 관심이 걷히는 게 느껴졌다.

나 말고 신경 쓸 일이 많은 모험가들 아닌가.

캠프로 다양한 복색의 여행가들이 속속 합류하고 있었다.

손을 마주치고 배를 밀치며 아는 척을 하는 것이 자연스럽다.

그중 이색적인 그림이 눈에 들어왔다.

아직은 희귀한 멜빵바지의 메카닉 맨들이 커다란 공구 상자를 자랑스럽게 들고 오가고 있고, 달빛에 반사된 거대한 실루엣을 따라 은은한 금속 윤기를 발하고 있다.

정비 중인 강철거인들이었다.

한두 기가 아니다. 그리고 빛의 와류를 통해 모습을 드러내고 감추기를 반복하고 있다.

바미안이 PART2로 선행하자마자 경쟁적으로 PART2로 이전한 영지가 속속 등장하고 있다. 대규모 발굴이 이루어지며 필드 곳곳에서 강철거인이 발굴되고 부속들이 출토되고 있다.

하나 한국 E&T에서 강철거인을 대동한 모험가 무리를 보는 건 그리 흔한 그림은 분명 아니다.

동원된 강철거인 대수가 장난이 아니다.

오해하고 있었다.

기계용이 나타난 성지를 향하는 흔하디흔한 여행가들이 아니었다.

원정대는 놀랍게도 최근에 실현된, 이공간에 봉인된 강철거인을 다수 보유하고 있다는 것이다.

그래서인지 모험에 대한 뜨거운 열기가 캠프를 데우고 있었다.

이거 고민되네. 할당된 포션만 만들어주고 발을 뺄까 했는데 참기름을 바른 듯한 강철거인의 윤곽이 나를 유혹했다.

그렇다. 무수한 지오들이 자신의 존재를 증명하고 있다.

매드 지오는 과연 무엇으로 자신의 가치를 증명할 수 있을까?

어쩌면…….

삐뚤어진 지오는 별빛을 품은 상태로 로그아웃.

*   *   *

이른 새벽녘, 야동에 지친 큰곰이를 깨워 공원을 같이 걸었다.

얕은 내리막에선 기분이 내켜 뛰기도 했다.

서로 시답잖은 농담을 주고받으며 건강한 청년상을 가장한 아침 운동을 마친 후, 공원에 딸린 공중목욕탕에서 간단하게 샤워로 미지근한 땀을 씻어냈다.

아, 개운하다!

휴게실에서 큰곰이는 이 시간대에 마주치는 동네 어르신들을 상대로 새로운 유망 AV 배우에 대해 장광설을 늘어놓고 있다.

공중목욕탕에서 저러고 싶을까?

졌다, 졌어.

나름 큰곰이는 공중목욕탕의 인기인이다.

AV 엑스퍼트 전문가로 통한다.

한데 꼭 큰곰이에게 여배우 정보를 물어오는 야릇한 미소의 어르신들은 또 어떤가? 더러는 메모를 하고 있다.

과거 AV 업계 전설의 동향으로 넘어가려는 큰곰이를 밀어내고 걸 그룹 마니아가 나섰다.

저치도 신기한 인물이다. 큰곰이 또래로 데이 트레이너라 했다.

주식 단타 생활자로 하루하루를 칼날 위를 걷는 심정으로 생활하고 있다고 했다.

하나 얼굴엔 여유와 미소가 떠날 날이 없다. 낙천무적(樂天無敵) 큰곰이처럼.

둘이 전문 분야가 다르지만 경쟁적이다.

여하튼 걸 그룹 마니아가 어르신들을 상대로 브리핑을 하기 시작했다.

돌아서려는 발걸음이 절로 멈추며 귀가 살짝 열렸다.

저런, 오줌마저 이슬을 눌 것 같은 그녀가 장기간 해외 공연으로 변비에 걸렸다니…… 아차차.

뭐 이게 세상 돌아가는 재미 아니겠는가. 그런 거지.

잠시 후, 큰곰이 어르신 중 한 명이 건넨 홍삼 우유를 건네

받았다.

우유병은 기능 음료 특유의 트로피 형상을 띠고 있다.

오늘은 큰곰이의 승리인가 보다.

하긴 누가 아침부터 이슬요정의 변비 이야기를 듣고 싶을까.

주식 단타자의 비분강개하는 얼굴을 뒤로하고 큰곰이는 의기양양하게 홍삼 우유를 그 자리에서 흡입했다.

…….

형!!

나두 한입만—

크으, 잔인한 처묵돼지 같으니…….

그렇게 오늘 하루 일과는 평소처럼 안녕이리라.

*　　　*　　　*

폐 속에 가득 찬 차가운 새벽 공기를 뱉으며 이제는 현실이 되어버린 가상으로 접속했다.

이곳 공기 역시 싸하다.

하늘이 구름 한 점 없이 맑아지더니 지평선 위로 금빛을 뿌리며 태양이 솟아오르고 있었다.

도시에서는 볼 수 없는 멋진 일출이었다.

가상의 그림이라지만 이 장관을 놓쳐선 안 된다.

대기 중으로 흩어지는 아침 여명이 뿌린 금빛 입자!

가상의 호연지기를 급속으로 흡입했다.

대기가 나를 중심으로 출렁였다.

이런 팁을 놓칠 수 없다.

밖이 분주했다. 모두 일찍 출발을 점검하고 있음이라.

그렇게 아침 특유의 유동없는 공기는 모험가들의 들뜬 열기에 흩어졌다.

저들은 나와 같은 가상 생활자들이다.

굉장한 아침형 인간들이라 칭송받을 부지런함이지만 실상은 녹록치 않다. 가상 덕후들의 일상은 새벽 5시에 시작해서 오후 5시에 그 일과를 마친다.

특별한 일이 아니면 절대 밤을 새지 않는다. 바로 이 시간 때는 돌파구를 찾는 학생 유저들과 일탈을 꿈꾸는 직장 유저들의 접속률이 저조한 시간대이기에.

이는 스트레스로 감정이 격하게 요동치는 두 분류를 피하기 위해서가 아니다.

그들은 엄연히 학업과 직업이라는 현실이 있다.

일주일 넘는 원정을 감당할 여유가 없다. 이는 원정대나 파티의 이탈자를 예방하기 위한 자연스러운 선택이다.

덕후는 덕후끼리, 삶에서 가상 자체가 현실인 사람끼리라 할까.

그런 의미에서 눈앞에 바삐 어른거리는 유저들은 작업장에 소속된 멤버도, 군소 규모의 작업장을 굴리는 공장도 아니었다.

그럼에도 전문가 이상의 동화율과 센스의 소유자들이시다.

단지 공장 같은 꽉 짜인 조직 생활이 태생적으로 맞지 않은 분류다.

하나의 프로젝트에 모이고 흩어지는 아마추어도 아닌, 그렇다고 프로도 아닌 경계점을 오고 가는 경계인이라 할 수 있다.

프로젝트에 방해가 되지 않으면 지극히 개인적이다.

원하는 바다.

고양이 스트레칭으로 몸을 풀며 동화율을 돌렸다.

“아우우우우우―!”

나의 이 거창한 기지개는 물가를 찾은 사자의 등장처럼 주변을 화들짝 놀라게 했다. 괜히 ‘엄마야―!’ 식으로 시선 돌리기에 바쁘다.

왜 아니 그럴까. 나를 중심으로 보랏빛 공기층이 만들어졌다 흩어졌으니.

아, 감당 못할 마력의 충만함이여!

넘치는 마력을 주체할 수가 없다. 캠프 안의 유저들을 레벨에 관계없이 깡그리 중독사시킬 정도의 극독을 풀 마력이었다.

그렇게 아침부터 삐뚤어진 지오답게 섬뜩한 악행을 상상했다.

이렇게 오늘은 현실은 물론 가상마저도 쾌청!

나는 12인용이나 되는 거창한 천막을 로브 소맷자락 속으로 순식간에 빨아들였다. 괜히 힐끔거리며 살피던 유저들이 화들짝 놀라며 몸을 굳혔다.

로브 소매 속 블랙홀로 자신들이 빨려들어 가는 그림을 상상해서겠지.

아, 그러고 보니 살아 있는 대상을 상대로 로브 속 이공간 수납을 실험하지 않았다는 생각이 스치고 지나갔다.

당장 해볼까?

대상이 넘치는군.

진저리를 치는 유저들, 악행을 상상하는 것만으로도 주변 온도는 급락했다.

나름 의연한 척 해도 슬금슬금 눈치 보는 유저들이 대다수다.

왠지 뿌듯하다.

그런 흐뭇한 기분으로 주변 인물을 담았다. 일단이 준 정보와 일일이 대조했다.

가상에서의 생활로 따지면 전부 대선배들이다.

그렇게 일단과 인연이 닿은 모험가들은 베테랑 냄새가 진동했다.

원정대엔 다수의 단체가 참여하고 있다.

첫 번째 단체는 초대자로 스스로를 '곰발바닥단' 이라고 규정했다.

여름 음식점 앞에 걸린 직사각형의 냉면 깃발 같은 크기의 깃발에 곰발바닥 문장이 그려져 있다. 이 깃발을 등에 자랑스럽게 달고 있다.

깃발의 형태가 모든 걸 말해주었다. 전장을 전문적으로 뛰는 유저들의 모임이었다.

전형적인 전투에 특화된 친목 길드였다, 역사가 긴.

그렇기에 나의 무례를 용인하고 있는지도. 전투력의 핵심인 포션을 담당하고 있기에.

다른 참가자들을 살폈다.

팬더 문양이 그려진 '팬더단' 이 보였다.

오로지 힐러들로 이루어진 유서 깊은 친목 길드다.

이들 역시 전장에서 환영받는 존재들이었다.

렙업이 제일 빠른 존체(尊體)답게 무려 200레벨에 도달한 유저가 속해 있다고 했다.

기적사나 축복사 정도의 이적을 발휘할지는 미지수지만 숨만 붙어 있으면 산산조각 난 신체도 살리는 자들이다.

그리고 ‘철코끼리단’ 이라는, 근래에 두각을 나타내는 길드가 있었다.

원래 코끼리단인데 ‘철’ 자가 붙은 걸 보니 기계용의 유적지대에서 강철거인 몇 기를 수습한 모양이다.

그리고 지금 캠프에서 제일 부산스럽다.

이 철코끼리단에 로브 차림의 메이지와 ‘땜장이’ 라 불리는 멜빵바지의 메카닉 맨들이 모여 있다.

어제 저녁 나의 관심을 끌던 존재들이다.

한데 뭐가 문제인지 양측으로 나뉘어 삿대질을 하며 끙끙거리고 있다.

나의 발걸음은 자연스레 그곳으로 향했다.

당연히 사랑스러운 강철거인이 있어서다.

그러자 옆으로 누군가 빠르게 다가왔다.

응?

중키의 붉은 단발머리 여기사였다. 걸음걸이가 남자의 그

것이다.

꾸밈없는 소박한 차림이라 흥미가 나지 않았다.

나를 향한 눈이 작게 흔들렸다.

사악해 보이는 보라색 입술이 기괴하긴 하지.

'뭐야?' 라는, 귀찮다는 의지가 실린 눈으로 바라보자,

척, 발뒤꿈치를 붙이며 정중히 목례를 건네 왔다.

"나이트 캐티입니다. 제가 매드 지오님의 호위기사입니다. 잘 부탁드립니다."

"매드 지오요. 호위기사라……. 쓸데없는 인연 만들기군."

"예? 그, 그런……."

"뭐 그렇다는 거지, 그쪽에는 별 감정 없으니 내 어투에 신경 쓰지 마시길."

"당연합니다. 아크 메이지 일단님의 제자이십니다. 황망한 일이 벌어지면 일단님을 뵐 면목이 없습니다."

"그런가?! 그럼 지금부터 서로 신세 집시다. 먼저 내 보호는 기대하지 말길."

"……."

표정이 재미있다. 적응하기 힘든 그런 얼굴이다.

몇 마디 나누었지만 캐티에게서 군인의 고지식함이 읽혔다.

호위기사라……. 내가 늘 아옹다옹하다 보니 일단의 영향

력을 간과했음을 깨달았다.

그랬다. 일단의 제자라고 공식적으로 밝힌 순간 유저 사회에서 내 지위가 결정되었다.

혈연, 지연, 학연 등 전근대적인 습속이 남아 있는 한국의 가상사회에서는 더욱 그렇다.

아크 메이지의 제자는 유저 사회에 흔한 존재가 아니다.

나를 적대시하면 아크 메이지 일단과도 적대시함이다.

그 아크 메이지는 E&T 세계엔 몇 없다. '아크'라는 신 아래 존재답게.

몇몇 메이지들이 선망의 눈으로 정중하게 고개를 숙이며 눈도장을 받으려 했다.

히야, 이거 배경발 돋네.

게다가 일단이 괴팍하다고 소문났으니 내가 터무니없이 싸가지없어도 용인될 그런 분위기가 아닌가.

그렇다. 이것이 악당의 편리한 점이다.

나의 걸음을 따라 유저들이 알아서 슬금슬금 피했고, 캐티가 자석처럼 따라붙었다.

은근히 귀찮네.

문제의 장소로 향했다.

나의 불편한 반응에도 캐티의 눈은 흔들림이 없다.

임무에 충실한 중세 기사가 재림한 게 아닌가 하는 느낌이

들었다.

아무리 동화율 때문이라지만 재미없다.

하긴 나도 그렇게 보일 테지. 심술쟁이 마법사 정도로.

여하튼 기괴한 외모의 나와 캐티까지 눈을 부라리자 공간이 절로 만들어졌다. 그녀도 제법 양보가 당연한 지위의 유저인가 보다.

뒤에서 수군거림이 들려왔다.

"아크 메이지의 제자라는군."

"그 일단?"

"그럼 누구겠나."

"와우, 오만이 쩔어 누군가 했더니……. 조심해야겠어."

"조심해야지. 그 일단 아닌가."

"사악한!"

"쉿! 게임 접고 싶나?"

"아푸푸."

사악하긴 하지.

일단과 매서커와의 인연이 그렇지 않은가?

버서커 포션이 해킹 툴로 판명되어 낭패 아닌 낭패를 당했었다.

그런 식으로 나만 고랑탕이를 당한 게 아니리라.

장소에 다가갈수록 오고 가는 언성이 높다.

"책임을 지라는 게 아니라 해결을 해달라는 겁니다. 원정대가 이 때문에 출발이 늦어지고 있습니다."

들뜬 분위기를 망치고 있었다.

모인 유저들의 시선에 걱정이 한가득이고 군데군데 모여 수군거림이 커지고 있다.

문제는 두 무리 사이에 놓인 강철거인의 상태였다.

팔 하나가 분리된 강철거인 하나가 원인이었다.

회색으로 기계 색을 먹였지만 역시 기계용의 던전에서 수습된 강철거인이었다.

골렘 오너로 보이는 기사 차림의 유저가 열을 내고 있다.

"갑자기 팔이 떨어져 내리다니?! 이래서야 메카닉 맨들을 신뢰할 수가 없지 않습니까?"

이에 멜빵바지 유저가 메이지들을 바라보며 말했다.

"글쎄, 우리도 원인을 알 수 없어요. 어제 메이지 분들이 마력선을 확인하고 나서 벌어진 일이니 메이지 분들이 원인을 밝혀야 되지 않을까요?"

"무슨 소리?! 이것은 누가 보아도 기계적인 결함! 기계적인 문제를 놓고 마력 전달 부분을 담당하는 우리에게 책임을 전가하다니, 인정할 수 없소."

양측의 옥신각신에 몸이 달아 발끈하는 건 골렘 오너였다.

"아니, 그러니까 내 말은 누구보고 책임지라는 게 아니고 원상 복구를 해달라는 겁니다. 수리를 하고 출발하자니까요."

"아니, 글쎄, 저쪽이 원인을 인정해야 수리를 하지."

"원인은 그쪽이라니까."

이런 식으로 대화가 쳇바퀴 돌 듯 돌고 있음이라.

메이지나 메카닉 맨 양측 모두 쉽게 움직일 것 같지 않다.

자칭 전문가들의 기선 잡기 위한 신경전이었다.

내가 겪어봐서 안다. 일단과 헉스가 얼마나 서로 툭탁거렸는지.

지금도 두 사람을 달래는 데 쏟은 심력을 생각하면 쏠린다.

매드 지오가 그냥 삐뚤어지고 싶어서 삐뚤어진 게 아니라니까.

기분 좋은 아침! 상쾌하게 출발합시다그려.

바닥에 너부러진 강철 팔에 손을 뻗었다. 보랏빛 마력이 강철 팔을 휘감았다.

그러자 서로 삿대질하던 양측이 기겁을 했다.

"앗, 손대지 마시오."

"뭐, 뭐하는 거요?! 당장 중지하시오!"

"당신 뭐야—?!"

으르렁거리는 양측이 나의 갑작스러운 행동에 일치단결해

위협적으로 노려보았다.

"어허, 포션 제조자가 참견할 문제가 아니라고요."

"뭐야?! 약팔이였어?"

나는 그런 그들에게 미소 가득한 눈으로 살짝 노려보았다.

순간 그들은 약속이라도 한 것처럼 화들짝 물러났다. 입들이 낙지를 삼킨 것처럼 우물거렸다.

…….

공기방울이 응결되어 서리로 화해 어깨에 옅게 내려앉았다.

"…어떻게……."

"크음……."

"이건?!"

잠시지만 자신들의 몸을 옥죈 마력의 깊이를 간절히 깨달은 것이리라.

"흥!"

나는 그런 그들을 외면하며 마력 제어에 들었다.

우우우우우우웅―

보랏빛 마력에 육중한 강철 팔이 들어 올려졌다.

마력으로 물리력을 행사하는 것은 가상에서의 아침 운동으로 제격이다.

그렇게 들어 올려진 팔을 강철거인 어깨 몸체 곁에 붙였다.

처커덕—

금속체끼리 깔끔하게 맞물리는 소리가 났다.

일단 고정은 성공. 물론 이것으로 다 된 게 아니다.

강철거인의 꿇은 무릎을 딛고 어깨에 올라섰다. 몸체와 팔이 붙은 부위를 살폈다.

움직이면서 육중한 팔을 고정시키는 마력을 유지하니 주위가 조용하다.

"…이런, 마력선을 연결하며 골격 고정 핀을 밀어 넣지 않다니. 쯧쯧."

사소한 실수였다. 아니면 미루기든지.

삐져나온 고정 핀을 마력을 튕겨 밀어 넣었다.

띵캉—!

핀이 밀려 들어가 강철거인의 어깨와 팔 사이의 뼈대가 이어졌다.

육중한 무게를 받치는 마력 집중으로 약간의 현기증이 일었다.

쉽지만 골격과 골격 사이에 중심이 맞지 않으면 아침과 같은 사달이 일어난다. 고정 핀은 메카닉 맨이 나무 망치로 쳐서 밀어 넣는 게 일반적인 조립 방법이다. 그렇게 메이지와 메카닉 맨이 서로 협력해야 하는 작업이었다.

아무튼 이로써 몸체 골격과 팔 골격의 어이없는 분리는 일어나지 않으리라.

그럼 지금부터는 외과 수술로 치면 신경을 이을 차례. 마력 케이블이 봉두난발 식으로 삐져나와 있다.

잘린 마력선을 이어붙이는 일은 굉장히 정밀한 일이지만 나에겐 시쳇말로 껌이다.

"거기 열 받은 기사 양반, 탑승해서 마나 컨트롤러로 새끼손가락부터 움직여 봐요."

"…아, 예."

기사는 구세주를 만난 얼굴로 강철거인에 허겁지겁 탑승했다.

그는 나의 지시대로 마나 컨트롤러를 차례차례 운영했고, 나는 분리된 마력 케이블의 짝을 찾아 차근차근 이어나갔다.

그렇게 작업은 30분 만에 완벽하게 마칠 수 있었다.

그러자 이를 지켜보던 메이지들과 메카닉 맨들의 입이 벌어졌다.

"어떻게……."

"말도 안 돼! 약팔… 알케미스트가 어떻게……."

"이럴 수가?! 이것이 아크 메이지의 능력이란 말인가?"

빠직— 이거 다 내 능력이거든?!

기분이 상했지만 살짝 찌그러진 외장갑을 복원 마법으로 깔끔하게 복구시켰다.

아침부터 어울리지 않게 봉사냐고?

다 나를 위해서다.

기계사 지오의 '마력 도해 일반' 참고를 마칩니다.

단독 제어로 마력 제어가 향상되었습니다.

…….

마나 컨트롤에 대한 이해가 증가했습니다.

그렇다. 링크가 원활하다.

아크 알케미스트 일단의 지식과 마력은 매드 지오와 연결되어 있다.

그런 의미에서 기계사 지오의 지식을 매드 지오에게 실험적으로 당겨왔다.

그 결과로 마력선을 30분 만에 연결시킨 것이다.

가장 섬세한 조율과 연결이 필요한 부위 아니던가.

기계사 지오처럼 선 자리에서 100% 강철거인의 구조를 꿰뚫어 볼 순 없지만 그의 지식을 내 것처럼 열람할 수 있다.

그렇게 단순 보조를 붙여주면 하루 만에 강철거인 한 기를 뚝딱 조립해 낼 수 있다. 잘 갖추어진 정비창만 있으면 하루 두 대도 조립 가능하다.

골렘 오너가 강철거인의 손을 들어 엄지를 치켜올렸다.

이로써 수리 끝!

강철거인의 가슴 곡면을 타고 미끄러지듯 지면에 착지했다.

벙 찐 얼굴의 메이지들과 도저히 믿기지 않는다는 얼굴의 메카닉 맨들이 눈을 피했다.

"자, 그럼 이 수고에 대한 비용은 누구에게 청구하면 되려나?"

…….

세상에 공짜가 어디 있나.

나를 중심으로 널찍한 공백이 생겨났다.

조종석에서 고개를 내밀던 골렘 오너도 모습을 감추었다.

두 집단은 하늘을 보거나 땅을 바라볼 따름이다.

그때 검게 그을린 네모난 얼굴의 빛 바랜 적층 갑옷을 걸친 거한이 다가왔다.

"허헛, 과연 일단님의 애제자. 든든합니다."

그가 착용한 적층 갑옷은 헉스가 제작한 갑옷임을 한눈에 알아볼 수 있었다.

고무 타이어를 이어 붙인 헉스표 갑옷!

매서커가 이 재료를 구하기 위해 자유도시 하수도를 헤매야 했었지.

네모난 얼굴의 중년인은 일단과 혁스 연배로 보였고, 귀가 코끼리를 연상할 정도로 컸다. 특유의 네모난 얼굴과 잘 어울렸다.

나의 뚱한 반응에,

"허허, 철코끼리단 단장 덤부입니다. 친목 길드에서 탈피, 이제 막 성대하게 신장개업한 용병단입죠. 아침부터 젊은 스승님의 법력에 놀랐습니다."

"그래서?"

"허허, 개업 서비스로 좀 어떻게 안 될까요, 젊은 스승님?!"

네모난 눈이 비굴하게 처지며 동정을 유발했다.

하나 상대는 비뚤어진 심성의 매드 지오!

"과연 중년의 두꺼운 얼굴 가죽!"

매섭게 지적했다.

어딜 감히! 나는 동정이 통할 상대가 아니다.

"그럼 할인이라도……."

"아크 메이지 일단의 사전에 디스카운트는 없다! 나는 그 일단의 제자, 개업 집에서 축하 화환이라도 들고 나와야 직성이 풀리는 삐뚤어진 심성의 소유자."

우웃—!!

모인 이들의 입에서 혐오스러움이 담긴 기함이 일시에 터졌다.

욕을 먹어도 같이 욕을 먹읍시다, 일단 스승이여.

"…그럼 애프터서비스 기간 연장이라도……."

음, 이 중년 유저는 강적이다.

이 덩치에 이런 철저한 경제 감각이 탑재되어 있다니.

"골렘 오너가 허접해. 그 실력을 믿고 애프터서비스를 요구하다니?!"

고압적으로 성을 냈다.

"아, 젊은 스승이여, 그럼 마일리지 적립이라도……."

그는 마치 헉스처럼 로브 자락을 부여잡고 늘어졌다.

아, 젠장. 질기다, 질겨.

"거기까지— 마일리지 적립은 수리비의 3%. 6개월 안에 사용하지 않으면 소멸될 것이오."

"…감사합니다. 아참, 포션 구입비도 함께 합산 적립을?"

"크으, 내 그대의 경제관념에 경의를 표하노라!"

허(許)하고 말았다.

그는 감격한 눈으로 종종 물러났다.

야박하다고?

덤부의 이런 행동은 다분히 메이지들과 메카닉 맨을 의식한 행동이다.

너희 말고 의지할 능력자가 있다는 비굴함을 빙자한 시위
라.

나야 어서 빨리 모험의 목적지를 알고 싶은 마음으로 나선
것이고.

아닌 거 안다고?

그렇다. 이 여행가들의 재정 상태를 살필 기회를 놓칠 수
없었다.

한데 개털이라는 진단이 내려졌다.

됐지?

"흠, 자린고비가 고객으로 붙다니……. 여행의 시작이 좋
지 않아."

나는 거만하게 뒷짐을 지며 걸음을 옮겼다.

내 뒤를 붉은 머리 여기사가 웃음을 참지 못하는 일그러진
얼굴로 따라붙었다.

"그대, 뭐가 우스운가?"

"…그, 그게……."

갑작스러운 쏘아붙이는 투의 지적에 그녀는 말을 잇지 못
하고 고개를 푹 숙였다.

"죄, 죄송합니다. 주의하겠습니다."

하긴 내가 봐도 가상 오덕에 병맛 거들먹거림을 남발하고
있는 게 우습게 보이는 그림이리라.

그래도 이것이 매드 지오의 컨셉이다.

"좋아, 봐도 본 게 없고 들어도 들은 게 없는 것이 호위기사
의 직분. 지금부터 명심토록."

"옛!"

그녀는 발뒤꿈치를 절도있게 붙이며 대답했다.

어라, 정말로 납득하네. 기특한 유저로고.

삐뚤어진 마음에 검보라 빛 V자 웃음이 걸렸다.

격하게 아껴주겠어.

아서라.

*　　　*　　　*

여행은 자기 자신을 만나기 위한 길 떠남이다.

그 길이 안락하면 좋고 눈앞에 미인이 있으면 더욱 좋다.

따각따각.

좌우로 흔들리는 폭이 적당한 것이 아침 특유의 나른함을
달래주어 기분 좋다.

나에게 2인승 소형 마차가 배당되었다.

아침의 실력 행사(?)로 이런 특별대우가 가능한 것이다.

마차의 안정적인 흔들림을 즐기며 호위기사 캐티로부터

원정대에 대한 브리핑을 듣고 있다.

"…입니다. 그리고 추가적으로 아서야 되는 게……."

너무도 착실하다. 캐티 말이다.

왠지 심술을 부리고 싶어졌다.

"위기야."

"예?"

"다 듣고 있어. 브리핑을 계속하도록."

"……."

브리핑이 계속될 리 없다.

캐티의 눈이 물어오고 있다.

"그게 말이지, 연재 중인 코믹 웹툰에서 주인공이 위기야. 드디어 양다리 걸친 게 들켰어. 양다리가 아니지. 오다리라 해야 하나?!"

"웹툰 '지옥에서 돌아온 바람둥이' 말인가요?"

급 반응하는 캐티였다.

"어, 관심있었어?"

"현대 남성의 로망이라 연재를 놓치지 않고 봅니다."

어이, 그렇게 말하는 그쪽은 여성이라고.

아하, 남자친구를 그 정도 규모로 거느리고 싶다는 것이군.

호오― 보기보단 배포가 있어. 성을 반대로 하면 이도 괜찮은 로망일지도.

"그렇지. 아무리 이야기지만 정말 말도 안 되는 우연의 연속이랄까. 한데 욕하면서 보게 만들어. 막장 웹툰의 극치!"

"우연의 힘이죠. 솔직히 부러워요. 그런 남자친구를 믿는 여자들이……."

으잉? 엄연히 피해자인 여자 쪽을 부러워하는 발언.

"현대 여성이라면 남자친구 두셋 거느리는 건 흉이 아닌데?"

"아무리 그래도 남자가 여자의 보험은 아닙니다."

오, 보기 드문 당당함이로고.

나는 삐뚤어진 어투로 말했다.

"쓸데없이 고지식하군. 아니면… 현실은 그 정반대려나?"

"절대 그렇지 않습니다!"

캐티는 울컥하는 투로 반응했다.

이것은 결벽증?

강도를 높여 놀려주고 싶다.

"누가 상 주는 것도 아닌데……. 여하튼 브리핑이나 마저 하시구려."

나는 의지와 반대로 시큰둥하게 말했다.

"…아, 예. 그러니까 어디까지 보고했더라?"

캐티가 허둥거렸다.

"추가적으로 알아야 되는 사항이 있다는 것까지."

"아, 예. 감사합니다. 그러니까……."

캐티가 냉정을 추스르며 무미건조한 보고를 이어갔다.

간혹 나를 바라보는 눈에 혼란스러움이 배어 있다.

"목적지는 성전기사단의 대첩지(大捷地)로, 고블린 군단이 괴멸된 치치타라 산맥 초입입니다."

"오호, 바람둥이가 기지를 발휘하는군."

캐티의 눈이 약간 흔들렸다. 그러나 꿋꿋하게 브리핑 톤을 유지했다.

"자유도시에서 동쪽으로 한 달 보름 거리지만 거점도시가 발달된 지역이라 게이트를 통하면 삼 일로 충분하다는 예상입니다."

더 이상 말려들지 않겠다는 의지가 읽혔다.

그런 싸움이 재미있지. 의지의 싸움이.

꿋꿋하게 캐티는 브리핑을 이어갔고, 나 역시 스토리를 발설하는 식으로 반응했다.

"여인1을 지하 북카페로 유인하는 데 성공했어. 여인2는 1층 구석 아이스크림 가게로 약속 장소를 변경하는군. 조금 짜증내지만 웃으며 순순히 응하고 있어. 여인3은 2층 커피숍으로 이동 중이야. 여인4는 3층 쇼핑가를 어슬렁거리게 만들었어. 여인5는 극장 매표소에서 예매를 확인하고 있고, 예매는 하지 않았으니 이런 식으로 시간을 버는군."

"고블린 군단이 매연 기관이 달린 기계 장비를 사용하고 있는 게 확인되었습니다. 즉, 고블린의 특성상 치치타라 산맥에 노움들의 마을이 있을 것이라고 추측되고 있습니다."

"바람둥이가 어제저녁 데워 먹은 냉동 음식을 잘못 먹어 탈이 났다며 화장실을 빙자해 이 층 저 층으로 오가며 다섯 여인과 만나고 다니기 시작. 나름 절박하고 처절해."

"치치타라 산맥은……."

"기어이 쇼핑가 최상층 식당가에 여인들이 집합! 절체절명의 위기! 여인들을 레스토랑, 일식집, 스파게티 전문점, 냉면가, 돌솥비빔밥 집 등으로 전략적인 배치에 성공. 열심히 오락가락하는 주인공. 여인들 모두 걱정스러운 표정으로 결국 데이트 중지를 선언! …났네, 났어."

"으음— 아차. …제일 목표는 노움 마을을 찾는 것이고, 두 번째가 노움과의 교류를 성사시키는 것입니다. 세 번째는 이 도저도 되지 않을 시… 노움 노예를 획득하는 데 있습니다."

"이런이런, 지하 주차장 화장실에 다섯 여인이 기어이 함께 모였어. 한데 서로를 전혀 몰라. 다들 아쉽지만 행복한 미소가 걸려 있다니……. 지옥에서 돌아온 바람둥이가 오늘의 위기를 이렇게 헤쳐 나가는군. 싱겁군. 그래서 말이 안 돼. 그렇지 않아?"

"…그게 이번 회차 끝인가요?"

후후, 걸려들었다.

"끝― 데이트 문자를 여인1에게 보낸 다음 여인2의 문자에 연이어 보내, 그렇게 꼬여 버린 문자가 모든 여친에게 전달된 절체절명의 위기는 이로써 싱겁게 끝이 났어. 결국 쇼핑센터 의 광활함이 주인공의 편이라는 건가?"

"예?"

"웹툰 하단에 협찬 장소인 모 신설 쇼핑센터의 분양 광고 와 연결되어 있거든. 치졸한 분양 광고가 아닐 수 없어."

"그것이 이번 회차의 목적이라니……."

캐티는 허탈하게 말을 죽였다.

"…작가도 먹고살아야지. 암."

그제야 캐티가 화난 투로 말했다.

"한데 스포일러, 너무 심하시지 말입니다."

오호, 오랜만에 들어보는 '이지 말입니다' 로군.

역시 짠밥 독이 빠지지 않은 민간인 누나야.

"심술이야. 그게 나야."

"……."

"역시 나의 승리인가."

"……?"

"후후, 스포일러 신공으로 브리핑 호위공을 무너뜨렸잖 아."

"그, 그런……."

캐티의 얼굴이 벌게졌다.

누가 그런 일방적인 경쟁을 하자고 했나? 벙 찐 표정이 되었다.

캐티의 보고를 나는 연재 웹툰의 스포일러와 교환했다.

이는 누군가의 그저 반듯함이 싫은 일방적인 심술.

아직 다가 아니다.

"아참, 이번 회차의 결정적인 전개상 문제를 발견했어. 물론 이는 나의 혜안만이 발견할 수 있는 것이지."

"…뭐, 뭐죠? 아니, 이제 그만 스포일러 관두시죠. 듣지 않겠어요."

관두라고 해서 관둘 내가 아니다.

"…후회할 텐데……. 반드시."

"……."

캐티의 눈이 호기심으로 급격하게 흔들렸다.

눈은 정직하다.

아니, 몸은 내 앞으로 가까이 당겨진 상태다.

나는 승리의 미소를 흘리며 캐티에게 중대한 비밀을 알려주는 투로 말했다.

"그건 아직 이번 회차 웹툰 연재가 전혀 올라오지 않았다는 거지. 낫씽—!"

"……!"

그렇다. 나는 스포일러한 적 없다.

읊조린 웹툰의 모든 상황은 그저 나의 상상!

분한 캐티의 눈에 눈물이 옅게 맺히고.

"어, 어떻게 그럴 수가?! 이지 말입니다?"

흥분하면 '이지 말입니다' 가 튀어나오는군.

"자, 그럼 이제부터는 그대가 원하는 이번 회차의 전개를 이야기해 보라고. 나는 그대가 그 어떤 전개를 읊더라도 속아 줄 준비가 되어 있노라."

"…이, 익."

캐티는 마차 밖으로 포탄처럼 튀어나갔다.

저 멀리 떨어진 곳에서 분노에 찬 외침이 들려왔다.

"야, 이— 뼁쟁이야—!!"

그게 나얌.

그리고 홀리기 직전의 여인을 구한, 삐뚤어졌지만 나름 선량한 나다.

여행은 자기 자신을 만나기 위한 길 떠남이다.

그 길이 안락하면 좋고 눈앞에 미인이 없으니 허전하다.

따각따각.

규칙적인 말발굽 소리가 무료하다.

…캐티, 웹툰 올라왔어—
진짜로…….

Act 01
또 다른 아크 메이지

機甲戰記
Massacre
기갑전기 매서커

매서커의 영혼이 쟁투의 붉은색이라면 매드 지오의 영혼은 그저 심술궂은 보라색이리라.

그러나 지금 그 심술을 받아줄 일단도 캐티도 없다.

한나절 동안 마차 안에서 마주한 공기와의 신경전.

그렇다. 심술도 상대가 있어야 가능하다. 지루하다.

"…심술을 아껴서 부릴 걸 그랬나? 뭐, 한 여인을 구제했다고 생각하면……."

혼잣말을 하는데 마차 밖에서 인기척이 들려왔다.

"젊은 스승님, 덤부입니다."

"들어오시라 하기엔 자리가 협소하군요."

"허허, 잘 알고 있습니다. 코끼리단에서 귀인을 초빙했는데 탈것이 부족해서 그러는데 합승을 감히 부탁합니다."

"좋아요."

나는 선선히 받아들였다.

이번 상대를 상대로 어떤 심술을 부려 뛰쳐나가게 만들까?

"감사합니다. 넓으신 아량을 이 덤부 꼭 기억하겠습니다."

중년의 아부는 예술이다.

"준비해 달라는 시료와 재료는 아직입니까?"

"다음 거점도시에서 넘겨받도록 준비시켰습니다. 실수없도록 닦달하고 있으니 염려 놓으십시오."

"다시 말하지만 포션만 다 만들면 전 떠납니다. 여행가도 모험가도 체질이 아니니까요. 야외는 적성에 맞지 않습니다."

다 빈말이다. 몸값 올리기지.

"여부가 있습니까. 아쉽지만 동행하는 동안 편안히 모실 수 있도록 만전을 기하겠습니다."

어라?! 믿는 구석이 있다는 건가?! 두고 보지.

"그럼 밖에 계신 귀인이나 들이십시오."

"옙."

마차 문이 열리며 얇은 체구의 인물이 유령 같은 몸짓으로 들어왔다.

마차가 약간 균형이 흩어졌다 제자리를 찾았다.

누구인지 사람을 확인하기도 전에 마차가 흔들리며 가는 체구의 인물이 들어와 처음 들어온 인물과 나란히 앉았다.

마차 문이 닫히기도 전에 캐티가 들어와 내 옆에 앉는다.

화가 풀리지 않은 얼굴로 창밖으로 고개를 노골적으로 돌린 상태다. 하나 검자루 끝에 파란 보석이 빛나는 단검을 가슴에 붙인 호위기사다운 자세를 유지하고 있다.

그렇게 이인승으로 만들어진 마차에 4인이 마주 앉아 있는 형국이 되었다. 문짝은 두 개지만 뒷좌석이 있는 국민 경승용차에 장골 네 명이 어깨를 붙이고 승차한 느낌과 흡사하다.

여기사치곤 캐티의 체형이 표범같이 늘씬한 편이라 비좁은 느낌은 들지 않았다.

……

싸한 느낌이 통성명을 기대하긴 힘들다.

뿜어내는 분위기는 서로 알고 지내지 말자이다.

그렇다. 나만큼 병맛 지수가 높은 인물들이었다.

나는 가늘게 눈을 모아 두 사람을 담았다.

창문을 통한 햇살은 그들에게 모아지고 있다. 빛이 총애하는 유저임을 강조하는 듯이.

그 둘은 그 점이 아니면 역방향 좌석이 못마땅한지 눈가에 주름이 심술궂게 잡혀 있다.

여하튼 두 귀인은 명명백백하게 우리는 남매라고 말하고 있다.

진청색의 머리칼에 흑청색의 눈하며 하늘이 담긴 쪽빛 로브와 함께 그림 같은 외모의 소유자였다.

놀랍게도 보정 아이템을 착용하지 않은 리얼 모드 유저였다.

사내 쪽은 만인을 내려다보는 오만함이 자연스럽게 배어 있다면, 여자 쪽은 감정이 결여된 인형 같은 모습에 가깝다.

오호, 이거 재미있는 장난감이다!

마차 밖에서 털털한 덤부의 목소리가 들려왔다.

그는 체구에 걸맞은 비대한 똥말을 타고서 마차 옆에 붙어 가고 있었다.

"허허, 서먹서먹하죠? 시간이 지나면 좋은 친구가 될 것입니다. 그럼 제가 감히 젊은 스승님들의 소개를 올리겠습니다."

저쪽도 별말이 없다.

나에게서 풍기는 극한의 병맛 지수에 말은 하지 않지만 놀라고 있음이 공기의 진동으로 느껴졌다.

마차의 주인 자리를 차지하고 있는 상대에 대한 의문이 들었으리라.

"새로 합류하신 두 분은 자유도시 블루 타워의 마스터이신 아크 메이지 스톰윈드님의 애제자 되시는 청운, 청비 남매이십니다."

"으흠."

한문으로 아이디를 만들다니……. 한때 유행이었지.

사내 쪽이 자세를 고쳐 잡았다.

들은 바 있다.

한국 E&T에 아크 메이지가 몇 된다.

스스로 아크를 붙이는 유저를 제외하고 영웅 시스템이 인정하는 아크가 붙은 유저는 극소수다.

아크 알케미스트 일단의 경우는 영웅 시스템이 인정하는 영웅이다.

일단은 약물로 E&T 초창기에 이미 일가를 이루더니 뭇 유저들을 약물로 농락해 꺼려하는 존재로 각인되었다.

그 뒤를 이어 수많은 유저들이 '아크' 칭호를 달기 위해 각축을 벌였는데, 그 가운데 바람 계열의 마법으로 아크의 칭호를 획득한 유저가 스톰윈드다.

그는 자유도시 최상층부에 자리한 메이지 타워 가운데 수많은 메이지들과 법력을 겨루어 모두 꺾고 블루 타워의 마스터 지위에 올랐다.

설명은 간단해도 자유도시가 어떤 곳이던가.

경매장과 이공간 창고, 각양각색의 공방, 길드 사무소, 다양한 교육기관, 이동 게이트의 집합지로 교역과 교류의 중심이다.

그 번화가 중심지에 아리따운 자태를 뽐내는 블루 타워가 있다.

타워의 마스터…….

감히 주인없는 도시의 주인이라 할 수 있음이라.

그 상징성을 스톰윈드라는 메이지 홀로 차지한 것이다.

초창기 영웅으로 치부하고 다수의 메이지들이 블루 타워의 마스터 자리를 놓고 도전했지만 스톰윈드의 마법에 녹아내렸으니……. 아크 칭호를 부여받은 메이지들조차 양보하며 그 지위를 인정하는 분위기로 현재까지 이어지고 있다.

이 정도면 그를 추종하는 무리가 따르게 마련.

스톰윈드는 아무나 받아들이지 않았다.

기존 길드에 속하지 않고 작업장과 연관이 없는 유저 가운데서 제자가 될 수 있는 기회가 주어졌다.

그가 정한 높은 동화율을 한 시간 동안 유지하는 일차 관문을 통과한 유저를 대상으로 스톰윈드 그 자신이 직접 공격을 했다.

거기서 살아남은 유저가 제자로 받아들여졌다.

그 정도 능력이면 굳이 스톰윈드의 제자가 될 필요가 없다.

하나 제자가 되는 순간 거대한 그늘이 생긴다.

조직 생활이 맞지 않는 유저에겐 매력있는 안식처가 될 수 있다.

결정적으로 유저가 아니더라도 자유도시 NPC의 절대적인 숭배를 받는다.

그렇게 가려 뽑은 제자의 수는 고작 9인이 다였다.

십만 명 가운데 한 명이라는 계산이 나온다.

당연히 스톰윈드의 인정을 받은 이 9인의 제자들은 하나같이 괴물이 아닐 수 없다.

10인의 아크 메이지가 블루타워에 있다는 말이 공공연하게 나오고 있다.

자연 NPC뿐 아니라 유저들의 양보를 당연히 받고 받들어지고 있다.

그래서인지, 옆에 닿은 캐티의 체온이 차갑게 식는 게 느껴졌다.

"으, 참살(慘殺), 참극(慘劇) 남매."

오호, 이 두 남매에 붙은 별명이 따로 있구나.

참살과 참극이라.

하나는 대인 공격이, 다른 하나는 광역 공격의 달인이라는 말이군. 어느 쪽인지 감 잡았어.

"'흥.'"

자신들의 흉명을 말한 캐티를 노려보는 남자 쪽은 자의식 과잉인 듯 턱 끝을 세웠다.

반면 여자 쪽은 감정이 결여된 밀랍인형 같은 얼굴로 그림 같은 자세로 앉아 있을 뿐이다.

한데 도대체 어떤 식으로 행동해야 일개 유저에게 '참살'과 '참극'이라는 별칭이 붙여질 수 있는 것일까?

이어 덤부가 말을 이었다.

"그럼 이 마차의 주인을 소개하겠습니다. 아크 알케미스트 일단님의 애제자 매드 지오 되십니다. 그리고 호위기사 캐티입니다."

…….

순간 오만한 청운의 표정이 딱딱하게 굳었다. 반면 인형 같은 표정을 한 청비의 눈에 옅은 투기가 나타났다 사라졌다.

…….

공기가 무겁게 가라앉았다.

감정이 결여된 청비의 눈이 나를 오래도록 담았다.

호오, 굉장한 마력이군.

청운의 경우는 어깨를 들썩이며 나를 노려보았다.

애송이야.

여하튼 분명 이들의 반응은 선명한 적의였다.

내가 언제 이들과 원수를 맺은 적이 있던가? 단연코 없다.

그럼 이 적의의 원인은 일단에 있음이라.

의문은 곧 풀렸다. 청운이 공기를 씹는 투로 말했다,

"스승님이 우리에게 이야기하셨지. 그 어떤 메이지도 두려워할 필요 없다고. 하나 약쟁이 일단의 장난은 경계를 늦추어선 안 된다고."

"……."

이놈 봐라?!

감히 약쟁이라……. 듣기 거북하군.

누가 들으면 중독자로 오해하기 딱 좋은 표현 아닌가?

비하하려면 약팔이가 정확한 표현이다.

나는 청운의 이야기를 듣기 전부터 체내 통신으로 일단에게 물었다. 마차 안에서 칼 맞아 죽게 생겼는데 그 이유는 알아야 하지 않을까.

[어이, 영감! 스톰윈드랑 어떤 사이야? 제자 놈 둘이 이를 아득바득 가는데?]

약간 뜸을 들이고 나서야 응답이 왔다.

[흠, 그는 나와 비슷한 시기에 아크 칭호를 쟁취했다. 아마 기록상으로 내가 한 시간 앞서는 것으로 알고 있다. 나야 별 의미 없는 기록인데 그는 그 점을 굉장히 집착하더군. 결투를 원하기에 자유도시 근처엔 가지도 않았어.]

누군가와의 목숨을 건 경쟁은 일단에게 어울리지 않는다. 하나,

[어허, 누가 들으면 아크 메이지를 속 좁은 좀생이로 여기겠는걸. 바른대로 말하시지?!]

[허허, 사실 좀 미안한 감정이 들어 포션을 선물했지. 어디 한 번 견뎌보라고. 효능을 제어하면 내가 진 것으로 하겠다고 했던가?! 여하튼 그 포션으로 마력이 폭주! 경쟁자를 때려잡아 지금의 블루 타워의 마스터가 되고 말았지. 오히려 나에게 감사를 해야 되는 게 아닌지…….]

역시 말꼬리에 자신이 없다.

그런 거였어?!

효능을 제어 못하고, 그 효능으로 타워 마스터가 되었으니…….

그렇다. 타워 마스터가 되었지만 농락당했다고 여기고 있

음이다.

아크 칭호를 달고 그런 일을 겪었다면 자존심이 용납하지 못하리라.

내가 당해봐서 안다.

당연히 그때의 앙금이 남아 제자들에게 일단을 좋게 평가했을 리가 없지.

일단, 아크 붙은 위인치곤 속 트인 유저 보지 못했다.

내가 어정쩡하게 있는데 무표정한 청비가 처음으로 입을 열었다.

"…스승님과 연락이 닿았다. 다음 거점도시에서 대기하라 지시하시는군. 직접 와서 일단의 제자를 볼모로 잡아 이번만큼은 반드시 일단님과 결하겠다고 하시는군."

"……."

청비의 목소리엔 감정이라는 색이 붙어 있지 않았다. 기계가 책을 읽는 느낌에 가까웠다.

그 탓에 한참을 무슨 말인지 분석해야 했다.

뜨헉!

방금 나를 볼모로 선언했다는 뜻?

청운의 손바닥 위로 새파란 소용돌이가 돌고 있다.

……!

언제 마법을 발현했는지 낌새조차 느낄 수 없었다.

바람 계열 마법 특유의 요란한 소리조차 없다.

이 무음의 작은 소용돌이 끝은 살을 파고들 대상을 고대하고 있음이다.

그렇기에 살을 갈가리 헤집어 놓을 폭력성이 고스란히 느껴졌다.

역시 '참살'이 청운 쪽이리라.

마차 밖 덤부의 위치나 내 옆에 붙은 캐티의 위치는 무엇을 말하고 있음인가?

캐티는 선의에 의한 참여라면 덤부의 위치는 의도가 담겨 있다.

그렇다. 나는 함정에 빠졌다.

아마 그 최종 대상은 일단이리라.

하나 내가 누구인가?

삐뚤어진 지오다. 괜히 합석을 승낙한 게 아니다.

중년이 건네는 비굴한 선의는 모종의 포석을 깔 때뿐.

나 역시 비굴한 중년이 되겠지만 아직은 아니지.

폭력성을 발하는 참살의 청운을 외면하고 음성사서함, 자동응답기 같은 청비를 향했다.

청운의 위협 따위는 위협도 아니라는 허세를 깔고서.

"나는 아크 메이지 일단의 제자, 그리고 보시다시피 누가 보아도 고위의 포이즌 메이지다운 외모의 소유자."

답답하게 눌러쓴 적보라 색 로브를 벗었다.

청비의 쪽빛 눈에 내 모습이 거울처럼 비추어졌다.

흑보라 색 머리칼, 흑보라 색 눈, 왠지 퇴폐적으로 반들거리는 적보라 빛의 가는 입술, 그리고 독에 중독된 사체에서나 볼 수 있는 검보라 빛 손톱.

아씨, 전혀 놀라지 않는군.

"그래서?"

참살의 청운의 입에서 못마땅한 물음이 대신 있었다.

"내가 꼭 내 입으로 두 분을 볼모로 잡았음을 상기시켜야 하는 건가요?"

"헛소리?! 내가 발현한 마법의 낌새도 알아채지 못한 주제에!"

"사실입니다. 아주 훌륭한 마법 발현입니다. 하나?"

"뭐야?"

"여러분은 아크 메이지의 제자가 아무런 대책 없이 합승을 승낙했다고 보시는지요? 여러분은 그런 경우… 저처럼 대응하시는지요?"

······.

그제야 청비의 기계 같은 눈이 살짝 흔들렸다.

"그렇습니다. 여러분은 자리에 앉은 순간 이미 중독된 상태입니다. 청비님, 느낌이 어떠신지요?"

"……."

청비의 그림 같은 눈썹이 파르르 떨렸다.

"누, 누나?! 어떻게 된 거야?! 정말 중독된 거야?"

"이 독은 마력이 높은 순으로 반응한답니다. 게다가 청비 님이 장거리 체내 통신을 시도했으니 제일 먼저 감염된 것입 니다. 곧 청운님도 뭔가 평소와 다른 느낌이 느껴질 겁니다. 아주 신선한 경험이 될 것임을 자부합니다."

"'이익!'"

메이지 간의 사나운 신경전에 캐티가 부들부들 떨고 있음 이 느껴졌다.

"아, 당연히 기사나 전사 같은 캐릭에겐 무의미한 독입니 다."

정말이냐고?

다 뻥이다.

그저 사소한 가려움증이 느껴지는 정도의 가벼운 알레르 기 트릭이다.

누가 올 줄 알고 독을 푼단 말인가?

이 선량한 내가!

가상이기에 크게 '에—취!' 한 번 하면 그냥 풀린다.

한데 인형 같은 무미건조한 캐릭을 연기하는 청비로선 그 재채기조차 용납하기 싫을 터.

저 정도 마력이면 자신에게 소중한 뭔가를 내놓아야 한
다.

짐작하자면 누나로서 다정다감한 감정을 내놓았을 수도
있다.

이 알레르기 트릭은 내가 말하지 않으면 그냥 지나가는 정
도로 끝이다.

아는 게 병이라고, 이 둘은 자부심 높은 아크 메이지의 제
자이니 다른 유저들보다 민감하게 반응할 수밖에 없다.

게다가 이미 스승을 통해 아크 일단의 터무니없는 기행에
함몰된 상태라.

머리털 굵기에 승부가 갈리는 가상 세계에서 이런 것은 치
명적이다.

아무튼 재채기를 견디는 인형 같은 청비의 참을성이 그저
놀랍기만 하다.

눈썹이 파르르 떨리는 정도가 요동에 근접하고 있다.

재채기를 하는 순간, 나의 구라(?)는 끝이다.

누이에 대한 믿음이 절대적이어선지 청운의 반응이 격하
다.

"누나? 누나?! 상태가 어떤지 말 좀 하라니까!"

"……."

지금 말을 하려면 재채기를 해야 한다.

그림 같은 인형으로선 용납할 수 없는 현상이리라.

이에 앉은 자리에서 방방 뛰는 청운이었다.

"너, 너 이 자식?! 어서 빨리 해독하지 못해?!"

이미 그의 손바닥 위에 장난감처럼 움직이던 돌풍은 꺼져 버린 상태.

나는 자신있게 선언했다,

"자, 그럼 지금부터 두 분은 제 포로입니다."

…….

참담한 침묵이 이어졌다.

마차 밖에서 덤부가 개입해 들어왔다.

"매드 지오님, 그 두 분은 제 손님입니다. 포로로 잡으시면 스톰윈드님의 분노를 제가 감당해야 합니다."

"그럼 나보고 순순히 볼모로 잡혀라?!"

"그, 그게 아닙니다. 양쪽 모두 그런 일이 일어나지 않아야 되는 일입니다."

"호오, 그러시다면?"

"임무를 완수하는 그날까지 매드 지오님의 안전을 이 덤부가 책임지겠습니다. 양측이 충돌하지 않도록 철저히 중재하겠습니다."

지금 이 분란은 덤부가 판 것이다.

두 남매와의 합승이 절대 우연일 리 없다.

이 두 남매도 덤부가 판 함정에 걸린 것이다.

이를 통해 덤부가 얻는 이득은 하나둘이 아니리라.

…누군가의 사주일수도 있고…….

"조건이 약한데……."

나는 못마땅한 어투로 말을 줄였다.

그때였다.

청비의 몸이 부들부들 떨기 시작했다.

다급한 청운의 외침!

"누나—!!"

거참, 재채기 한 번 하는 게 그리 어려운가.

쓴웃음이 절로 나왔다.

"지오님, 방금 스톰윈드님께 이곳 상황을 설명 드렸습니다. 자신과 제자들은 향후 지오님 곁에 10미터 안에 허락없이 들어가지 않겠다는 약속을 해왔습니다. 이는 아크의 칭호를 걸고 하는 약속입니다."

"호오, 이제야 말이 쪼금 통하는군."

"먼저 공격하지 않으면 적대 행위를 시작하지 않겠다고 합니다."

"말이 되는군."

"더 원하시는 게 있으신지요?"

"실험을 하는데 재료와 시료가 부족해서 스톰윈드님의 지원을 약간 구하고 싶군. 부자잖아?!"

"그, 그건……."

한참을 있다 덤부가 대답했다.

"필요한 재료와 시료 목록을 건네면 최대한 협조하시겠다 그러십니다. 없는 것은 저도 거들겠습니다."

"역시 아크 메이지다운 배포. 제자를 아끼는 하해와 같은 사랑은 또 어떻고? 거래를 할 줄 아서."

"마, 만족하시는지요?"

"아크의 선언이 있는 다음 두 분을 풀어드리리다."

"가, 감사합니다."

……

우르룽─! 마른하늘에 천둥소리가 울렸다,

Quest

아크 메이지 선서!

나 스톰윈드는 매드 지오에 대한 적대 행위가 없을 것이며, 1□미터 안에 나를 포함, 제자 그 누구도 접근하지 않음을 약속합니다.

그렇게 아크의 칭호를 건 선언이 있고, 푸른빛이 나를 휘감
으며 언약의 시행을 알려왔다.

그제야 인형 같은 청비의 눈에 분노라는 감정이 맺혔다.

나는 승리의 V에 보라색 미소를 덤으로 얹었다.

그러자,

"에~ 취—!!"

청비는 참았던 재채기를 그제야 터뜨렸고, 내 얼굴을 진득
한 침이 덮었다.

"이, 익!"

청비는 자신의 몸 상태를 점검하더니 부들부들 떨었다.

들켰나? 들켰군.

하나 청비는 이를 밝힐 형편이 아니다.

고작 재채기를 참은 대가로 스승이 맹세를 하게 만들었으
니.

나는 침을 훔치며 만족한 미소를 감추지 않았다. 당황한 청
비의 앞에서 침이 흘러내리는 손을 털었다.

약간의 연출을 가미, 손가락 끝에서 진득한 타액이 흘러내

리게 했다.

"해독의 여파로 입안에 침이 많이 고일 수 있습니다. 감기 예방 효과를 꼭 확인하세요."

"…윽."

청비는 바르르 떨더니 포탄처럼 마차 밖으로 튀어나갔다.

그러자 청운 역시 누나를 다급하게 부르며 허겁지겁 나갔다.

역시 나의 구라는 아크 급이라니까.

옆에 앉은 캐티가 골몰하는 표정을 지었다. 한참이 지난 뒤에야 용기를 쥐어 짠 목소리로,

"…포로로 잡긴 잡았나요? 정말로?"

"당연히, 잡았지."

"……"

캐티는 나를 노려보았다. 당해본 자의 눈으로.

"오만한 자는… 늘 그 누군가나, 또는 그 어떤 대상의, 아니면 관념의 포로 상태에서 벗어나지 못해. 그런 자들은… 내 눈에 띄는 순간!"

"……?"

"어흥— 내 밥이지. 하하핫—!"

당연하다는 식의 선언에,

"히익?!"

캐티는 두 눈을 크게 뜨며 몸을 움츠렸다.

선머슴이 제법 귀여운 구석이 있군.

캐티는 손가락으로 나를 어렵게 가리켰다,

"…어떻게 그럴 수 있죠? 다음 거점도시에 그들의 스승이 기다리고 있다고요! 그는 아크 메이지라고요!"

"그래서? 나는 그가 오만한 자이길 바랄 뿐."

"……"

오만한 자를 몰아낸 자만이 가질 수 있는 거만한 미소를 그렸다.

아, 대책없는 자부심이여!

인간은 사로잡혀 있다.

맛있는 음식, 매혹적인 애인이면 좋겠지만 권력일 수도, 재력일 수도, 명예일 수도 있다.

방금 나간 남매의 경우는 단단히 권력과 명예, 그리고 자연스럽게 동반된 재력에 단단히 홀려 있다.

권력, 재력, 명예의 동시 추구, 패가망신의 삼종 세트!

권력을 탐하는 자, 재력을 탐해선 안 되고, 재력을 갖춘 자, 명예를 좇으면 안 된다. 스스로 명예로운 자, 권력을 멀리해야 한다.

도덕군자처럼 말하고 있지만 나 역시 마찬가지.

오직 현실의 생존을 위해, 가상의 재력을 갖추기 위해 광속으로 전력투구를 하고 있다. 마르지 않는 재력을 갖추기도 전이 미약한 재력을 방어하기 위한 권력이 생겨났고, 권력을 돋보이게 하는 명예에 신경 쓰고 있다.

그렇게 초심으로 돌아오기가 힘들다.

가상의 일이기에 신기루같이 덧없음에도.

한데 현실에서 이런 일이 벌어져도 냉소적일 수 있을까?

자신없다.

여하튼 나는 '정점에 선' 자다.

그렇기에 그들의 상태를 잘 안다는 자만을 바탕으로 한 거만으로 얄팍한 오만을 뭉갤 수 있었다.

타인의 오만을 뭉개고 거만을 짓밟아 어디까지 자만을 키울 수 있을지 두고 보자. 카카카—

"거짓말쟁이에 고약해. 사악해. 악독해. 극악무도해."

캐티가 마귀를 쫓는 주문을 외듯이 두 손을 모으며 중얼거렸다.

자신이 호위해야 하는 악귀에 대한 찬송이랄까.

음, 여하튼 그녀는 나를 완벽하게 파악한 것 같다.

그대, 사랑의 포로는 되지 말지어다.

　　　　　＊　　　　＊　　　　＊

치치타라 산맥 초입, 광활한 황무지에 도착했다.

안락한 마차 여행은 이것으로 끝이었다.

황무지는 파괴적인 마력이 휩쓴 전투의 상흔으로 벌판 곳곳이 검게 오염되어 있었다.

"고블린 군단을 상대로 성전기사단이 쾌거를 이룬 장소입니다. 무려 삼천에 달하는 성전기사단이 산화했습니다."

설명하는 캐티의 어감에선 당시 이 자리에 자신이 없었다는 걸 아쉬워하고 있었다.

나는 길게 기지개를 켜는 것으로 아무 감흥 없음을 전했다.

"…여기서 뚫렸으면 인근 거점도시 하나가 위험해지고 바로 이어 자유도시도 위험한 상황에 처할 뻔했어요. 그런 위기를 성전기사단이 막은 것이에요."

그래서 나보고 어쩌라고?

이 위대하고 삐뚤어진 내가 성전기사단에 가입이라도 해야 한단 말이냐?!

내가 시큰둥하거나 말거나 캐티는 황무지를 눈에 담으며 말을 이어나갔다.

“이 사건을 계기로 성전기사단에 유저들이 대거 가입하는 계기가 되었지요. 하나 당시 성전기사단이 고블린 군단을 막았지만 고블린 로드를 놓치고 말았어요.”

“…….”

몇 달 전 이야기이니 파편 무구 없이 몬스터 로드 시리즈를 상대하기 힘들다는 증거라.

캐티는 당시 성전기사단이 어떻게 고블린들을 상대로 싸웠는지 내가 듣든 말든 설명을 이어나갔다.

결투, 전투, 전쟁 이야기라면 열을 내고 있는 캐티다.

나 같은 치명적 매력이 철철 넘치는 못된 남자를 옆에 두고 전쟁 이야기를 하고 싶을까?

진정 매력없다!

캐티는 내가 질 좋은 포션을 만들고 강철거인을 뚝딱 수리해도 그러려니 반응했다. 한데 내가 넘치는 마력을 주체 못해 마력을 방출해 유저들을 순간적으로 쫄게 만들면 존경의 눈으로 돌변하는 식이다.

싸움을 즐기는 바바리안 같다기보다는 아마존네스랄까.

여하튼 나 매드 지오가 속한 원정대는 달아난 고블린 로드를 추격하기 위해 조직되어진 게 아니다. 당시 고블린 군단은 ‘증기 골렘’을 운영했다.

증기 골렘. 평균 높이 4미터에 달하는 조잡한 강철거인으로 마력 대신 화석 연료를 운동원으로 이용했다.

　고블린 군단은 당시 그런 증기 골렘을 무려 이백 기나 동원
했다.

　한다 하는 성전기사단이 이를 제압하는 데 애를 먹었다고
했다.

　지금 그 잔해는 흔적도 없이 사라지고 없다. 그리고 그 잔
해를 연구한 결과 증기 골렘은 고블린들이 자체 제작했다는
결론을 얻기에 이른다.

　성능이 달려도 인간이 아직 만들지 못한 강철거인을 고블
린들이 만든 것이다.

　바로 이 원정대가 꾸려진 이유리라.

　고블린 종족 특유의 장기를 고려할 필요가 있다. 고블린들
은 바로 이웃 유사 종족의 문명을 복제하는 습속을 가지고 있
다는 것이다.

　즉, 고블린의 증기 골렘에 영향을 준 유사 종족의 문명이
있다는 것이다.

　바로 이 고블린들에게 영향을 준 유력한 유사 종족으로, 유
저들은 과학의 노움을 지목했다.

　눈앞 치치타라 산맥 깊은 그 어딘가에 노움의 은거지가 있
다는 추리로 이어졌다.

　원정대가 고블린의 본거지를 찾으면 노움의 도시는 자연

스럽게 발견될 것이라는 굉장히 낙관적인 계산으로 임하고 있다.

지금 도처에서 강철거인과 관련 부속들이 발굴되고 있다. 하나 수요를 감당할 정도는 되지 못하고 있다.

그렇다. 고블린처럼 자체 제작이 해답이다.

하나 망실된 부속을 재생하거나 복제를 위해선 근본적인 기초가 있어야 했다. 유저들이나 NPC인 이슈타르인이나 그런 기초 지식이 없다.

그저 발굴된 부속을 조립하는 정도가 유저나 나 같은 천재들이 할 수 있는 일의 전부.

강철거인을 유지하고 원활하게 운영하기 위해 원천 기술을 가진 유사 종족들의 지식을 습득할 필요가 있는 것이다.

유사 종족과의 교류와 유사 종족의 지식은 PART2를 즐기는 든든한 밑천이 되어주리라.

그런 취지로 황무지에 결집한 원정대의 규모는 무려 일천에 달하고 있다.

치치타라 산맥을 바라보는 캐티에게 말했다.

"지금까지 사나이 웅심을 자극하는 명장면을 열심히 설명해 줘서……."

"……."

캐티의 눈은 모험의 열기로 가득 차 있다.

"…하나도 지극이 오지 않아. 약팔이가 내 역할이니까. 그만 여기서 작별하도록 하지. 그대는 그대의 갈 길을 가도록."

"에엣?!"

자신이 그렇게 열성적으로 설명했는데 나의 대답은 들은 그대로 '여기까지'라 하니, 캐티의 눈은 실망으로 빛을 잃었다.

어허, 더 이상 나랑 엮이면 실망이 큰 쪽은 그쪽이라니까.

그때였다.

"호오, 아크 알케미스트가 자랑하는 애제자의 야망이 고작 약팔이라니. 쯧쯧."

부드러운 훈풍 한줄기가 뺨을 스치고 지나갔다.

이 연약한 바람에 실린 느낌이… 묵직하다.

나타난 이는 바로 아크 메이지 스톰윈드였다.

스톰윈드는 기어이 거점도시에서 원정대에 합류했다, 자신이 아끼는 제자들을 모두 이끌고서.

이를 보기 위한 들러리 갤러리들이 대거 꼬여들어 원정대는 지금 완전 시장판이 된 상태다.

내가 모험을 포기한 이유 중 하나다.

기계사 지오로서 원정대의 혼란을 경험할 만큼 경험하지 않았던가.

정확히 10미터 밖에 스톰윈드와 그의 제자들이 호시탐탐 나를 노리고 맴돌고 있다.

지금도 청운, 청비 남매가 눈에 불을 켠 채 스승 등 뒤에서 나를 노려보고 있다.

여하튼 스톰윈드는 훈남이라는 말이 잘 어울리는 콧수염이 또렷한 중년 유저였다, 어투까지 전혀 위압적으로 느껴지지 않는 분위기의 소유자다.

하나 이 훈풍이 언제 삭풍으로 돌변할지는 누구도 모른다.

오는 중에 몇 차례의 탐색적인 대화를 나누었다.

그 스스로 자신은 가상 1세대라 했다.

거리를 두고 마주 서자 그는 예의 김빠지는 느낌으로 피식 웃었고, 나 역시 V자 보랏빛 미소를 선사했다.

"야망이라……. 퀘스트 없는 원정은 판돈없이 하는 도박판과 같아서 흥미없습니다."

"그 점은 여기 모인 유저들 대다수가 해당하는 이야기, 그리고 모험을 하는데 퀘스트가 전부는 아니지. 유저들끼리 엮이다 보면 보다 많은 가능성이 열리도록 만들어진 게 E&T 시스템이건만."

아크 메이지답게 자연스럽게 나를 가르치려 들었다.

"그만한 가치가 있는 유저들이 보이지 않는군요."

"오호, 은근히 자극이 되는 언사로군."

나는 어깨를 으쓱하는 것으로 부인하지 않았다. 그리고 특대의 재수없음이 담긴 윙크를 특유의 무뚝뚝한 표정을 유지하고 있는 청비에게 보냈다.

이에 주먹 쥔 손을 바르르 떠는 청비였다.

저 손이면 한 대든 백 대든 맞아줄 용의가…… 없다.

"그럼 이건 어떤가? 이번 원정을 동행하면 내가 일단의 그늘에서 벗어날 수 있는 비책을 전수해 주겠네. 나만큼 일단에 대해 깊이 연구한 메이지는 드물거든."

서로 10미터라는 거리를 두고 하는 평이한 톤의 말이지만 마력으로 서로의 귀에 선명하게 파고들고 있다.

이거 급 동하는데?

"약팔이 말고 제가 원정에 참여해야 하는 이유가 뭐죠?"

"나의 바람 계열 마법은 PART2에 선 그 한계가 명확하지. 혹자는 지금을 복합 마법의 시대라 하던데… 내 마법은 순수 마법으로 분류되더군. 어쨌든 강철거인의 등장으로 무용지물 정도는 아니지만 영향력이 떨어지는 건 인정해야겠지. 한데 일단의 경우는 영향력이 줄기는커녕 오히려 늘어나고 있어."

"……?"

"모른 척하기는. 자네가 그 증거 아닌가? 강철거인의 마력선을 그렇게 빠른 시간에 깔끔하게 연결시킨 메이지가 또 어디 있단 말인가. 그 제자에 그 스승 아니던가."

"……."

아, 제길, 기계사 지오의 마력 도해를 참고했다고 말할 수도 없고, 스톰윈드가 오해하도록 내버려 두자.

"그렇다네. 밝히자면 바람이라는 속성을 다루는 나는… 기계치네."

"음."

나 역시 바람에 조예가 있지만 기계치는 아닌데.

그 바람하고 저 바람하고 같은 바람이 아니라고?

몰라. 내가 같다면 같은 거다.

스톰윈드의 말에 장단을 맞추며 연신 인형 같은 청비에게 핑크색 바람을 날렸다. 기어이 고개를 돌리고 마는 청비다. 볼이 붉다.

보라, 바람이 만든 성과를.

예쁘다. 그림 같이 예쁘다.

"강철거인은 도저히 납득할 수 없는 아이템이랄까. 그 탓에 제자들 역시 PART2 적응에 힘겨워하고 있어. 그래서 결단을 내렸지. 기계치인 내가 찾은 활로는 노움의 지식은 아니네."

"?"

"흐흣, 바로 노움 그 자체네. 이미 이슈타르인들의 기록을 보니 노움을 노예로 부렸더군."

"엇!"

"몸에 맞지 않는 지식을 배우느니 그 지식을 가진 이들을 부리는 것으로 말이지. 어떤가?"

"…그러니까 나보고 노움을 노예로 잡을 때까지 협력해 달라 이거군요?"

"일시적인 동업 상태를 유지하자 이거지. 나는 젊은 스승의 강철거인에 대한 지식이 필요하고 그대는 그 대가로 아크 메이지에게서 벗어날 수 있는 비책을 습득하는 거지. 아주 우연히."

"우연히?"

"우연히!"

스톰윈드는 타워의 마스터로 타워의 영향력이 줄어드는 것을 용납할 수 없었다.

그리고 내가 일단의 그늘에서 벗어나고파 하는 것을 간파했다. 그의 제자들이 꿈꾸고 있는 일이기도 하리라.

아크 메이지의 제자가 되는 것은 영광임과 동시에 무거운 족쇄이기도 하다.

그렇다. 메이지라면 누구나 자기만의 세계를 구축하고 싶어한다.

아무리 스승과 사이가 좋아도 어쩔 수 없이 독립을 꿈꾸게
되어 있다.

스톰윈드의 푸른색 흐르는 검은 눈이 결정을 독촉해 왔
다.

"아, 물론 이 제안은 아크 메이지의 언약으로 걸어주겠
네."

"호오, 노움을 획득하고 유력한 경쟁자는 기어이 그 제자
의 손에 혼쭐나게 만드시겠다?"

"부인하지 않겠네. 일단이 나와 결하지 않겠다는데 내 나
름의 꼼수를 부릴 수밖에. 여하튼 나는 제안을 했고, 결정
은… 젊은 스승의 몫이네."

"저로선 거부할 이유가 없군요."

"생각 잘 했네. 그럼 당분간 동업이네."

"언약부터 거시죠?"

"크으, 아크 메이지의 타이틀을 걸고 약속하지."

"좋습니다. 그럼 바로 손바닥을 마주칩시다."

그는 비릿하게 웃으며 다가왔다.

나와 그는 손바닥을 세 번 마주치는 것으로 협의를 마쳤
다.

떨어져 있는 청비의 입술이 삐죽거렸다.

역시 미인은 가까이 두어야 한다니까.

절대 딴마음 먹고 원정에 깊이 개입하는 게 아니다.
못 믿어도 할 수 없고.
여하튼 이제야 몸값이 정해진 것이다.

Act 02
파편 무구의 숨겨진 힘

機甲戰記
Massacre
기갑전기 매서커

꽈르르르릉—!!

빛과 어둠을 품은 역장이 교차, 팽창하며 대기를 찢고 대지
를 갈랐다.

굉음은 또 다른 굉음에 집어삼켜졌다.

절대의 공백이 파편 무구가 격돌하는 전장을 중심으로 확
장에 확장을 거듭하고 있다.

금은발을 휘날리며 하이 엘프 아앙이 날린 창공의 뇌력시
의 숫자는 시간이 지날수록 그 수가 점점 늘어나는 중이었
다.

게다가 늘어나는 수만큼 위력 역시 증가하고 있다.

이건 사기다!

문제는 아앙뿐만이 아니다.

워 드워프의 방패가 대지를 뚫고 들어가 오크 로드 발밑에서 튀어올랐다.

간신히 창대로 쳐 위기를 모면하는 오크 로드 형제였다.

오크 로드 형제 역시 파편 무구의 운영이 처지지 않았다.

오크 로드의 대지의 뇌격시는 여지없이 난사하는 창공의 뇌격시를 요격했고, 타르타로스의 창은 에릴시온의 방패를 상대로 모순을 자아내는 충돌을 이어나가고 있다.

모두 유사 종족이지만 유저들이 빙의한 영웅답다 할까.

그렇게 이들은 파편 무구의 힘에 흠뻑 취해 있었다.

파편 무구에 의지하지 않는 나의 판단은 옳았다. 하나 그러면서 간과한 것이 있었다.

바로 파편 무구와 파편 무구끼리 충돌했을 때 뜻하지 않은 효용이 나타날 수 있음을.

그랬다. 파편 무구는 상극인 파편 무구와 격돌하며 감추어진 능력이 드러나고 있었다.

무려 하루도 빠짐없이 보름간이나 이 네 명의 영웅이 격돌하며 파편 무구가 가진 능력을 발굴해 내는 데 성공하고 있었다.

내가 가진 파편 무구와 전혀 다른 성능을 발휘하는 또 다른 파편 무구가 만들어지고 있었다.

파편 무구는 성장 시스템이 가미된 아이템이다.

그리고 상극인 파편 무구를 제압했을 때 도약을 하리라.

관상용으로 보관하는 게 아니었다.

제길.

내가 가진 파편 무구의 새로운 효용을 밝힐 기회를 눈앞에서 놓치고 있다고 생각하니 속이 쓰렸다.

아무튼 보름간 드워프와 오크 간의 전투는 이 네 영웅의 겨돌로 이어지고 있다.

오크는 오크답지 않게 종족들의 생명을 아꼈고, 드워프는 드워프대로 방어 진지를 구축하는 시간을 벌 목적으로 일기 토식 결투를 반겼다.

하나 초조한 것은 드워프 쪽이었다.

오크들이 더욱 모여들었고 포위망이 견고하게 구축되며 외유 중인 드워프 장로들의 생사가 불분명한 상황이었다.

무려 열일곱 명이나 되는 드워프 장로와 열일곱 개 드워프 전사단의 소식이 두절된 채 보름이 흘렀으니 몸이 다는 쪽은 그렇게 드워프 쪽이었다.

게다가 결정적으로 대지의 심장을 가진 대장로의 행방이 초미의 관심사다.

그런 차에 처음으로 장로 드워프가 내게 말을 걸어왔다. 그 뒤를 불만스러운 표정이 역력한 장자 드워프가 따르고 있다.

"인간 영웅, 엄호를 부탁해도 될까?"

"……?"

"장로들이 포위망 밖에 모여 있어. 자네가 보고 싶어하는 대지의 심장을 가진 대장로가 저 포위망 밖에 있다는 거지."

장로 드워프는 지금까지 나에게 그 어떤 관심을 기울지 않았다.

한데 지금 어려운 역할을 권하고 있다.

"마중 나가는 역할이 아니군요?"

장자 드워프의 인상이 구겨졌고, 장로 드워프의 인상에서 수긍하는 미소가 걸렸다.

"생존의 인간답게 눈치 하나는 놀랍군. 어쨌든 숨길 이유가 없으니 그렇다네. 창공의 뇌격시를 막아낸 능력으로 오크들의 시선을 다른 쪽으로 모아주었으면 하네."

"대가는?"

"당연히 대지의 심장이네. 3일간 엘프보다 앞서 연구할 시간을 주겠네."

"나쁘지 않군요."

구경이 지겨운 시점이다.

"다행히 엘프들도 동의해 주었네. 엘프 전사 여덟 명이 그쪽을 도울 것이네. 다리 짧은 드워프 전사들은 거추장스러울 테니."

오호, 내 뒤를 인간 유저들이 분한 여덟 명의 엘프 전사들을 붙여주겠다고?

그 협상하는 데 보름이나 걸린 거야?

그런 속마음과는 다르게 순수하게 표현했다.

"맞는 말입니다. 드워프 전사는 뭐니 뭐니 해도 전위죠, 인간이나 엘프 같은 치고 빠지는 식의 꼼수를 따라 하기엔 기동이 처지니."

그러며 늑대의 웃음을 장자 드워프에 보냈다.

장자 드워프는 장로 드워프 뒤에 서선 고개를 끄덕이며 수염을 쓰다듬는 것으로 내 짐작을 수긍했다.

히야, 인공지능이 손님을 팔게 만들도록 하다니, 아앙들의 실력이 보통이 아니다.

속이 빤히 보여. 술책이 국어책 수준이다.

그래서 드워프들이 귀엽다니까.

＊　　　＊　　　＊

콧속 가득 습기가 스며드는 이른 새벽이었다.

함정임을 뻔히 알면서 나선 교란작전이다.

엘프들의 지휘자는 청은발이 잘 어울리는 차가운 인상의 미남자로 하이엘프 아앙을 대신해 외부와 교신을 주도했던 바로 타루라는 유저였다.

미요를 유혹(?)하기 위해 나섰다 결과적으로 된통 바가지를 쓰고 말았다.

그 덕에 내 주머니사정이 급 개선되어 감사하다 할까.

엘프가 인간 여성의 환심을 사기 위해 드워프 보석을 선물한다라…….

속이 너무 빤히 보이는 수작 아닌가.

여하튼 미요는 좋아 죽더라.

엘프 미남자들에 둘러싸여, 보석에 파묻혀서.

그렇게 장장 보름을 된장녀에게 시달린 타루의 인상은 가히 볼 만했다.

특히 어제 로그아웃을 하기 위해 잠시 들러보니 미요 앞에서 엘프 미남자들이 춤을 추고 있더라.

화려한 소파에 여왕과 같은 자태로 이를 즐기고 있던 미요는 나를 발견하자마자 달려와 뜨거운 키스 세례를 퍼부었다.

'언제까지 덜떨어진 애들과 놀아줘야 하는 거야? 아유, 따분해!' 라고 말하며.

그렇게 보란 듯이 가슴에 머리를 비비며 러브러브 모드를 걸어왔다.

늘 그렇듯이 내게 저항할 권리는 없다.

아무튼 타로들은 미요에게 농락당한 것이다.

그 결과, 혼이 빠져나간 얼굴이 이럴까?!

쯧쯧, 분명 공금 지원을 받은 공략(?)이었을 텐데 성과가 없었으니 뭉개진 자존심도 자존심이지만 구멍 난 공금을 어떻게 메울지에 대해 고민을 해야 할 터이다.

여기서 아앙과 타루들, 이들은 소수 정예로 운영되는 가상 엔터테인먼트사의 멤버들 되시겠다.

동신 팬텀이 소속된 VE사와 앙숙 관계에 있는 경쟁사가 있다.

버추얼 히어로 엔터테인먼트사로, VHE사가 정식 명칭이지만 일반 유저들 사이엔 VH패밀리로 알려져 있다.

다른 가상 게임에서 VE사가 추진한 프로젝트를 수차례 망가뜨린 존재들이다.

그래서 장미는 이들을 연가시 같은 존재로 표현하며 이를 갈았다.

오죽하면 관여하는 가상 게임을 정해 영역을 침범하지 말자는 밀약을 맺을 정도일까.

즉, E&T는 장미의 VE사가 맡기로 했다.

한데 그런 약속을 어기고 이들이 VE사에 발을 들인 것이다.

미형의 엘프 캐릭으로 무장(?)하고서.

다들 알다시피 장미의 VE사는 뜨는 가상 영웅을 발굴해 소속시켜 수익모델을 만든다.

그러나 VH패밀리 같은 경우, 어릴 때부터 발굴해 가상 영웅으로 등장시킨다. 바로 아이돌 데뷔 시스템을 모방한 것이다.

소수 정예를 추구할 수밖에 없다.

인성에 상관없이 이들의 그림 같은 외모를 가진 배경이다.

한쪽은 이야기를 만든 영웅을 발탁하는 것이고, 다른 쪽은 평범한 유저가 영웅이 되는 과정을 극적으로 보여주었다.

가상에서 갑자기 루키 영웅이 등장하면 VH패밀리를 떠올릴 정도.

아무튼 하나같이 빈정 상하게 잘났다.

내가 이들에 비해 키가 반 치 정도 크고 어깨 폭이 한 뼘 더 넓은 제법 믿음직한 골격이라면, 이들의 골격은 정말 이야기 속 엘프 일족처럼 가늘고 얇다.

"선발되면 식초로 세수하고 물 대신 식초만 마신다고 들었는데 정말입니까?”

지극히 사적인 질문을 약간 옆에 처져 따라오는 타루에게 했다.

“……”

타루는 기 막힌다는 얼굴로 쳐다보았다.

그리고 일행 일동 정지.

곧 오크 군막이 코앞이다. 한가한 농담을 할 장소가 아니다.

다들 나의 긴장없는 굵은 신경이 도저히 이해 가지 않는 얼굴로 바라보았다.

그러든지 말든지 나는 허리에서 손잡이 끝에 대지의 눈이 박힌 검을 뽑아 들었다.

스르릉―! 검면을 타고 달빛이 깃든 검청색이 흘렀다.

다들 일제히 긴장하며 활과 투창, 표창과 투척용 단검을 내게 겨누었다.

오옷! 사나워라!

이것이 조기교육의 무서운 점이구나.

이로써 이들의 목적이 무엇인지 명확해졌다.

교란작전 와중에 나는 행방불명되고 대지의 눈은 엘프들이 회수해 돌아온다는 시나리오가 아니겠는가.

“일단 항복!”

나는 검을 타루 앞에 부드럽게 던졌다. 군주의 검은 타루의 발치에 검끝이 지면에 닿는 식으로 폭 박혔다.

그렇게 검을 던진 나는 손을 들어 절대적인 항복 의사를 표했다.

"대저 대세를 따르는 게 만수무강의 지름길 아니겠습니까?"

비굴한 웃음에 그제야 엘프들 사이에서 피식 웃음이 번졌다.

"그럼 저는 이만 가보겠습니다."

……?

나는 손을 든 채 오크 군막 쪽으로 뒷걸음질 쳤다.

말라 버린 숲을 소리없이 이동하는 것은 불가능한 일이다, 특히 뒷걸음질로 조심하기는.

바삭, 마른 가지를 밟아야 했다.

절대 고의가 아니다.

"크륵―?"

말라비틀어진 나무에 등을 기댄 채 졸고 있던 오크 솔저가 눈을 비비고 다가왔다.

나는 두 팔을 높이 치켜들며 아는 척했다.

"하잉―?"

"크, 크르륵―!"

탁한 녹색 눈이 휘둥그레지더니 괴성을 마구 지르기 시작
했다.

군막과 초소에서 가죽 팬티 차림의 오크들이 무기만 들고
우르르 튀어 나왔다.

"어, 엇?!!"

8인의 엘프들이 소동을 막기엔 너무 늦었다.

오크들의 호각이 새벽 대기를 요란하게 어지럽혔다.

나에게 겨누어졌던 엘프들의 화살과 투창, 표창과 단검이
달려오는 오크들에게 날아갔다.

퓨퓨풋, 씨이익, 휘리릭—!

키에엑!!

오크들이 쓰러지고 꺼꾸러지며 나뒹굴었다.

내가 NPC에게 배운 스킬 중 '진창 구르기' 가 있다.

궁극의 회피 기술로 지금은 더욱 발전하여 이런 식으로까
지 발전했다.

"시체 속의 패잔병—!"

88%의 동화율로 사체 속에 스며듭니다.

멀쩡히 서 있는 나의 모습은 엘프에게나 오크에게나 사체
로 인식되리라.

나보다 높은 동화율을 가진 이가 유심히 보지 않는다면 발각될 리 없다.

꾸역꾸역 몰려오는 오크들과 이를 제지하는 엘프들 사이에 전투가 사납게 전개되었다.

하나 유저들이 분한, 조기교육으로 단련된 엘프들을 오크들이 아무리 수로 압도해도 막을 수는 없었다.

처절한 단말마의 비명이 새벽 공기를 차갑게 얼어붙게 만들었다.

엘프 특유의 정령 마법이 펼쳐지자 오크들 사이에 대량 참극이 발생했다.

순식간에 오크 사체로 황량한 숲이 가득 메워졌다.

엘프들은 철수하고 싶어도 쉬이 몸을 뺄 수가 없다.

바로 내가 버린(?) 군주의 검 때문이다.

힘이 장사인 드워프 청년 네다섯이 옮겨야 했던 아이템 아니던가.

대지의 눈이 필요한 엘프들로선 끙끙거리며 군주의 검을 땅에 질질 끌어야 했다.

그렇게 네다섯이 군주의 검에 매달리면 달려드는 오크들을 상대할 전력이 떨어져 포위되고 말았다.

검을 옮기는 것을 포기하고 오크들을 정리하고 다시 검을 옮기기를 수차례 반복하기에 이른다.

오크에겐 못할 짓이지만 엘프들의 고생에 비할 바가 아니었다.

게다가 다크 크롤러를 탄 오크 나이트와 오크 셔먼들이 가세하자 공세에서 수세에 몰리기 시작했다.

엘프들이 발하는 정령 마법은 오크 셔먼이 발한 주력장에 방해받아 제 위력을 발휘하지 못했고, 탱크 같은 맷집의 다크 크롤러들에 화살과 투창이 튕겨 나갔다.

결국 오크 쪽에서 고급 유닛들을 투입하자 엘프들은 고전하기에 이른다.

그때 반대편 숲에 위치한 군막에서 화광이 충천했다.

드워프들이 지른 불이었다.

불을 자유자재로 다루는 드워프들이 지른 불은 특징이 있다. 마법이든 정령이든 불의 중심이 보라색을 토한다는 것이다.

이어 우렁찬 함성이 뒤를 따랐다.

빠르게 번지는 불이 길을 내고 그 뒤를 드워프 장로들이 이끄는 전사단이 따라붙을 터이다.

하나 이미 이런 사태를 겪은 적이 있는 오크들이고 지금은 오크 로드에 충성하는 오크 솔저와 오크 나이트들이 있다.

나는 확신했다. 오크 로드를 유인하지 못했음을.

아니나 다를까, 충천하던 화광 위로 우박이 쏟아지며 화광을 잠재웠고, 오크 로드의 우렁찬 포효가 새벽하늘 높이 울려 퍼졌다.

그런데 이상하다.

이 외침은 호기로움이 담겨 있지 않은 당황의 외침이었다.

분명 불도 잡혔고 오크 셔먼의 주력 역시 충만한데 무슨 일이 일어난 것인지…….

소리를 들어보니 소란스러운 곳이 한 곳 더 있었다.

그랬다. 양동작전은…삼동작전이었다.

*　　　*　　　*

크아악―!!!

처연한 비명이 사방에서 울렸다.

시체 위로 시체가, 살점 위로 뼈가 쌓였다.

너부러진 사체 사이에 서 있으니 그 누구도 나의 존재를 알아챈 이는 없었다.

엘프들은 군주의 검을 아직도 포기하지 않고 있었다.

경사면 접경으로 물러난 상태다.

하나 그들을 중심으로 오크들의 포위망이 켜켜이 둘러쳐져 있다.

　오크 셔먼이 발한 주박에 엘프들의 정령 마법은 봉쇄되었고, 다크 크롤러에 탄 오크 나이트들은 치고 빠지는 식으로 엘프들을 지치게 만들었다.

　으드득!

　기어이 다크 크롤러가 지친 엘프 중 한 명의 팔을 물어뜯어 채갔다, 상어의 습격이 이럴 것이다.

　"아악!!"

　엘프 하나가 쇼크 상태에 빠져 쓰러지자 오크들이 우르르 올라타 난도질을 해댔다.

　"검을 포기해야 해요!"

　엘프 가운데 한 명이 동료의 처참한 죽음에 타루를 향해 외쳤다.

　"조금만 더 버텨! 조금만 더!"

　타루는 눈에 불을 켜고 미친 듯이 단검을 휘두르며 동료들의 외침을 묵살했다.

　리더로서 시간을 가늠하고 있음이다.

　그때였다, 오크 로드의 다급한 외침이 울려 퍼진 것은.

　이 외침에 나까지 동화율이 흔들거릴 정도로 예사롭지 않았다.

　이에 다크 크롤러를 다루는 오크 나이트들이 급히 외침이 터진 장소를 향해 달려갔고, 오크 솔저들이 그 뒤를 따랐다.

엘프들의 포위망을 형성하고 있는 것은 일반 오크들과 오크 아처, 그리고 오크 워리어였다.

수에선 절대적으로 오크들이 우세해 보였지만 질적으로 월등한 엘프들을 도모할 정도는 아니었다.

"크와악—!"

등판에 문신이 가득한 오크 워리어 하나가 검을 중심으로 원형의 방진을 구축한 엘프 무리 속으로 몸을 던졌다.

쌍도끼를 휘두르며 원형의 방어진을 흩뜨려 놓았다.

하나 타루의 단검에 겨드랑이와 옆구리에 무수히 가격당해 꺼꾸러졌다.

효과는 있었다. 오크들이 우르르 달려들어 흐트러진 원형의 방진 속으로 스며들었다.

엘프들에게 달려들어 이빨로 팔과 다리를 물고 늘어졌다.

기진맥진한 엘프들은 하나둘 달라붙은 오크들을 떨어내지 못하고 팔과 다리가 산 채로 뜯겨 나갔다.

모골이 송연한 단말마의 비명이 터져 나왔다.

타루를 제외한 모든 엘프들이 처참한 죽음을 맞이했다.

광기로 번들거리는 눈의 타루는 발악적으로 검을 휘둘러 오크들을 베어 넘겼다. 그의 팔과 다리에 무수한 이빨 자국이 나 있고 피가 쉼없이 흘러나오고 있었다.

“씨팍, NPC 오크 따위에 질 수 없어! 나는 히어로라고—!”

그 자신을 위해 주문을 되뇌며 허공을 향해 검을 그어댔다.

허공에 검은 궤적을 따라 검은 액체가 눈물처럼 뿌려졌다.

어쩐지……. 독이 듬뿍 발린 단검이었다.

내 등에 파고들 무기여야 했으리라.

“왜, 왜? 마중을 나오지 않는 거야?! 왜?!”

타루의 성신이 바닥 상태인지 ‘왜?’ 만 외쳐 댔디.

장로 드워프가 약속을 했겠지만 장자 드워프가 보내지 않았으리라.

나는 ‘시체 속 패잔병’ 스킬을 유지한 채 땅에 떨어진 군주의 검을 들어 올렸다.

그러자 공간 왜곡이 풀리며 내 모습이 선명하게 드러났다.

크헉?!

오크들이 놀라며 무기를 사납게 치켜들었다.

살짝, 아주 살짝 힘을 개방했다.

파— 핫—!!

투기의 붉은 파장이 팽창하며 몰려드는 오크들을 주르륵 밀어냈다.

오크 셔먼의 주박이 깨지며 광기로 눈이 돌아간 오크들의 눈이 제자리를 찾더니 순간적인 무기력 상태에 빠졌다.

그리고 붉은 파장에 감염된 순으로 두려움에 몸이 굳었다. 파장 밖의 오크들은 우왕좌왕했다.

살짝 힘을 개방했을 뿐이다.

E&T 최초 로드 슬레이어의 타이틀을 획득한 매서커다.

로드를 처단한 캐릭이 여느 영웅들과 같을 수 없다.

돌변한 나의 분위기에 타루의 눈이 부릅떠졌다.

"…너, 너?! 모두 네가 부린 농간이지?"

고개를 저으며 희미하게 웃으며 말했다.

"드워프를 믿지 않았을 뿐입니다. 절박한 인공지능이 어떻게 오염되어 변질되는지를 경험했다 할까요."

"헛소리—!"

"믿든지 말든지는 살고 나서 하는 게 좋을 것 같습니다. 그럼."

"너, 너?! 어떻게 감히?! 내가 누구인 줄 알아?! 아니, 우리 패밀리가 어디인 줄 알아?"

"모르고요, 알고 싶지도 않고요, 관심없고요, 잘난 병맛 재수없구요, 알아서 사세요."

피식 웃으며 검을 어깨 한쪽에 걸치곤 타루에게서 등을 돌렸다.

"이익, 죽엇!"

타루가 단검을 치켜들며 달려들었다.

가소로운지고.

개방된 힘에 동화율을 보탰다.

후우우웅, 붉은 아우라가 등 뒤에 은은하게 서렸다.

타루는 눈을 가리며 나를 중심으로 팽창한 붉은 장막에 밀려 두세 걸음 힘없이 물러났다.

"이, 이럴 수가?! 이건 뭐지?"

학살자의 기파는 아니다.

이것은 로드 슬레이어 타이틀에 따른 패왕 투기!

왕을 죽인 자만이 가질 수 있는 기파인 것이다.

타루는 바들바들 떨고 있다. 자신의 지금 상태를 부인하고 싶은지 고개를 거칠게 흔들었다.

유저인 타루가 저러한데 오크도 비할 바가 아니었다.

가상 세계 포식자의 등장을 알리는 기운에 두려움에 노출된 오크들이 물러나며 공간이 생겨났다.

인공지능의 단순함으로 자신들이 상대할 대상이 아님을 깨달아서다.

힘을 개방한 나를 막아서는 자는 없었다.

유유자적하지만 당당하게, 오만하게 스치는 오크들을 굽어보았다.

그렇게 걸음 따라 기다란 공백이 생겨나며 대로처럼 이어졌다.

흡사 바다가 칼라지는 광경이라.

Quest

질풍가도!

매서커, 오크들을 상대로 그만의 길을 만들다.

"크륵, 어떻게 인간에게… 머리가 절로 숙여지다니……."

"케르릇, 감히 대적할 엄두가 나지 않아."

"케헥, 인간에게서 로드의 냄새가 난다."

오크들은 당신의 위용을 깊이 각인했습니다.

대적할 엄두가 나지 않을 정도입니다.

오크들을 상대로 물리적 데미지가 3% 추가 적용됩니다.

오크들의 정신적 공격에 저항 확률이 3% 추가 적용됩니다.

…….

지금 내가 향하고 있는 곳은 오크 로드의 절박한 부르짖음이 울리고 있는 곳이다.

가슴 깊은 곳에서 올라온 울부짖음이었다.

등 뒤로 틔었던 길이 메워졌고, 오크들의 괴성에 이은 타루
의 처절한 비명이 울려 퍼졌다.

Act 03
생활의 나름(?) 달인

機甲戰記
Massacre
기갑전기 매서커

치이이익—!

한쪽 무릎을 꿇은 자세로 앉은 강철거인 아래 새파란 용접 불꽃이 튀었다. 천장 높은 공장이 연상되는 공간이었다.

"오호, 동무. 이번엔 무슨 술인고?"

헉스가 뒤도 돌아보지 않고 장난기 배인 음충한 어투로 물 어왔다.

"코가 완전 개코야, 개코. 이번 건… 왕지네 주(酒)!"

가상에서 알코올 냄새를 맡을 수 있다?

하나 인정할 수밖에 없다.

헉스가 떡 벌어진 어깨를 천천히 돌리며 기사 투구를 개조한 용접 마스크를 벗으며 마법 용접기기를 내려놓았다.

드럼통 같은 배는 드워프가 울고 갈 정도다.

음식 냄새를 맡는 돼지처럼 코를 킁킁거렸다.

"가상에서 이 나이에 살아남으려면 특별한 능력이 있지 않으면 안 되지. 나에겐 돈 냄새나 알코올 냄새는 같아. 지오 캐릭 모두에게서 진동하지."

"흥, 중년 술꾼 잉여 주제에……. 여하튼 능력은 인정."

말하며 시선을 위로 돌렸다. 거대한 강철거인이 우리 둘을 내려다보고 있다.

완벽하게 조립되어 두툼한 외장갑까지 모자란 게 없어 보이는 외관으로 빛이 없는 두 눈은 활활 타오르기를 간절히 고대하고 있는 듯하다.

현재 발등 부위에 장식성 강한 갈고리 형태로 감아올려진 날 형태의 돌기를 붙이고 있는 중이었다.

필요없어 보이는 과장된 장식으로 보이지만 충격 시 강한 타격을 선사하는 포인트가 되어줄 터이다.

헉스가 주위를 환기시켰다.

"어이, 매일 보면서 그렇게 애인 바라보듯 할 거야? 그러니까 애인이 없는 거야!"

빠직, 이마에 힘줄이 돋았다.

너무 많아 골 아프거든?!

"흥, 외로움을 술로 달래 배불뚝이 술꾼으로 찍힌 당사자가 할 이야기는 아닌 거 같은데?"

"어허, 현실에선 끊었다니까. 한데 술을 한 방울도 먹지 못하면서 술을 담그는 그대는 누구신고?"

"예, 예. 그 점 깊이 존경합니다. 그런 의미에서… 시음식—"

"흐흐, 오키, 오키."

헉스에게 잔을 건네고 왠지 들이켜선 안 될 느낌의 담황색 액체를 가득 채워주었다.

나에겐 맑디맑은 '정령들의 목욕물' 을 따랐다.

정령들의 목욕물? 그냥 맹물.

물 잔을 들어 호기롭게 선창했다,

"건배!"

"오키! 이번엔 왕지네 주라? 설마 저번처럼 회충주(蛔蟲酒)는 아니겠지?"

"됐거든요. 거기까지."

"흐훗, 건배!!"

내가 그게 회충인 줄 알았나?

시약 및 재료 만물상인 일단이 주는 대로 담그다 보니 그렇게 된 거지.

혼신의 역작으로 정력주를 담근다고 담근 것이 거대 몬스터 뱃속에 똬리 튼 회충으로 술을 담그고 말았다.

결과는 헉스와 일단의 몸싸움으로 발전.

절대 고의는 없었다. 이 둘은 서로 눈만 마주쳐도 비아냥거림이 언쟁으로, 언쟁이 가벼운 몸싸움으로 가는 것은 예사이니.

한데 지금 이 그림은 무슨 그림?

나른 신성한 공간이 아니던가.

술이 들어간 느낌은 가상에서조차 별로 즐기고 싶은 느낌이 들지 않아 술을 담그면 이 분야 전문가인 헉스에게 감평을 부탁하고 있다.

그렇다. 대화하는 이의 한 명은 헉스가 분명하다.

그에 호응하는 나는 지오 캐릭 중 어떤 캐릭일까?

내 캐릭들이 하도 동분서주, 종횡무진하는 관계로 나 역시 헷갈린다.

당연히 지지부진한 지오 캐릭이 있다. 그 지지부진함에 삐뚤어져 버린 매드 지오 같이.

자, 여기서 정리 한 번 하고 넘어가자.

주(主)캐, 매서커 지오. 미요와 열혈(?) 데이트 중이다.

현재 귀부인의 저주를 풀려다 된통 매를 벌고 있다.

떠오르는 별 메이지 지오는 기계사로 전직, 눈치없는 우우와 딩가딩가 놀이에 빠져 있다.

다크 지오, 다크 엘리멘탈 리스트로 동신, 팬텀으로 불리고 있다.

현실에서조차 출세한 캐릭이랄까. 가상에선 실비라는 발육 부진 아가씨와 엮여 있긴 한데 현실의 장미와 너무 깊이 엮여 들어가서 걱정이다.

데스 로드, 네크로 지오가 있다.

내 캐릭 중 로드 타이틀을 단 유일한 캐릭! 장하다.

하나 영주성에 치리가 불러들인 메이드들에게 둘러싸여 집중 관리 받는 캐릭이 되고 말았다. 순종적인 다이너마이트 바디의 소유자 메이드 치리에게 깊이 매료되어 있긴 하다. 그 덕에 출장 중인 매서커 지오를 대신해 영주 대행을 하고 있는 중이기도.

멘탈 지오, 정령의 수호자로 전직하자마자 알다시피 나이트클럽 조명 담당이 되고 말았다. 멜퀴라는 잘나가는 오피스걸의 놀이 상대다.

그러고 보니 오르골의 매너는 멘탈 지오에 기인한 면이 깊군.

매드 메이지 지오야 아크 메이지 일단의 총애를 받고 있는 잉여 캐릭으로 내가 생각해도 버르장머리 달로 보내 버린 게 아닌지 의심스러울 정도로 까칠한 캐릭이다.

자, 그럼 이제 남은 지오 캐릭은?

그렇다. 테이머 지오다.

블러디 베어 '레드 홀'로 초창기는 활약이 눈부셨으나 현재는 그저 생활 스킬 중 하나인 요리 스킬을 올리려 술을 담그는 전형적인 잉여 캐릭이 되고 말았다.

그 먹보 곰탱이 '레드 홀' 덕에 나름 바미안의 인기인이시다. 실제로 향상심이 남다르다.

인간의 성향 가운데 발전하려는 의욕이 쓸데없이 많이 몰려 있다고나 할까.

나른 모험의 기회를 노리고 유적 지대 형제 식당에서 처묵처묵 세트를 만든 바로 그 요리장 되시겠다..

바야바로부터 바퀴벌레 레시피가 필요한 당사자다.

바미안과 유적지대를 게이트로 오락가락하며 술을 마시지 못해 지금처럼 담근 술을 헉스에게 시음을 부탁하고 양조 스킬을 올리고 있다.

여하튼 술 담그는 지오라……. 테이머 지오의 현 상황이다.

이 모든 시발은 먹보 레드 홀에 기인한다.

뭘 먹여도 좀처럼 친화도가 오르지 않으니 약간 양념 좀 쳐먹였는데 반응이 좋았다.

지지부진하던 친화도가 오른 것이다.

요리사의 길로 급 방향 전환!

그 여파는 컸다. 술을 담그는 양조 스킬이 덤으로 따라붙고 말았다.

다 좋다. 현재 E&T 세계는 강철거인이 횡횡하면서 찬밥 신세가 된 클래스들이 테이머와 같은 소환사 계열이리라.

요리를 하든 술을 담그든, 아니면 아르바이트로 강철거인의 외장갑을 조립하는 용접을 거들어야 했다.

넘쳐나는 생활 스킬 포인트로 이 모든 것을 소화하기 충분하다.

현실에서 무수한 아르바이트를 전전하는 그 신세가 가상에서 이 테이머 지오를 중심으로 일어나고 있음이라.

그렇다고 매드 지오처럼 한 성깔 하지도 못해 성질부릴 곳도 없다.

매드 지오가 거리에 나타나면 바미안의 어린아이도 달아난다.

난동은 아니었지만 까칠한 성격이 까칠한 NPC들과 마찰을 일으켰다.

그 무마도 나름 인기인인 테이머 지오의 몫이었다.

신세 처량한지고.

뭐, 말이 그렇다는 거지, 딱히 처량하지 않다.

그렇다. 한가하다.

유유자적 술도 담그고 차까지 우린다. NPC와의 농담 따먹기도 자연스럽다.

특히 여인들로부터 자유롭다.

고로 행복한 테이머 지오 되시겠다.

뻥이지만.

테이머 지오는 내게 늘 하소연한다.

나는 솔로다!

    *   *   *

꿀꺽꿀꺽.

감별사의 조언.

"까악! 목 끝을 뚫어버리는 이 화끈함! 회충주의 그 불쾌한 미끄러움까지 단박에 날려 보내는군."

왕지네 주의 숙성이 훌륭합니다.

급속으로 활력이 충전되는 효과가 일반 흑맥주의 세 배에 달합니다.

하나 높은 재료비에 상품성은 떨어집니다.

그럴 줄 알았다.

돈 벌려고 한 것도 아니니 실망 말자.

띠링.

흠, 들인 공에 비하면 빠른 요리 스킬 상승이로고.

Quest

도전 과제.

"막걸리를 만들어보자!"

이제까지 E&T 세계에 막걸리를 구현한 유저는 없습니다.

밀 막걸리가 아닌 쌀 막걸리를 만들어보세요.

많은 유저들이 재료인 쌀을 찾아 모험을 하고 있습니다.

에혀, 됐거든.

테이머를 반기는 파티나 공대는 없다.

이제 테이머 지오는 모험과 영영 먼 캐릭이라.

바야바가 도착하면 바퀴벌레 요리 레시피나 구해야지.

지금 스킬 포인트는 넉넉하게 적립되어 쌓여 있다. 전투 스킬이 새로 생긴 게 없으니 생활 스킬이 빠르게 성장한 배경이다.

지금처럼 저축하듯 적립도 한다. 왠지 씁쓸하다.

왕지네 주를 연거푸 석 잔을 들이켠 헉스가 그런 나를 바라보았다.

"쯧쯧, 전투 스킬을 전수하려 해도 스킬 포인트가 전부 엉뚱한 생활 스킬을 올리는 데 전부 가버리니……."

꼭 아픈 곳을 이쑤시개로 찔러요.

'쌈짱, 레드 홀' 이 있는데 이제 와 테이머가 칼질을 배워서 어디에 쓰리요. 그냥 생활 스킬을 올리는 데 투입하는 게 보람있다.

그 덕에 몬스터 해부학을 마스터해 몬스터 사체로 어지간한 요리 재료는 손수 마련하는 경지에 이르렀다.

자랑 아닌 자랑이지만 가상에서조차 잉여스럽다.

보시라—!

몬스터 해부 스킬을 마스터했습니다. 몬스터의 약점이 한눈에 들여다 보입니다.

요리 스킬은 전설의 요리장에 도전 중입니다.

해부 스킬과 연동된 '몬스터 육회 사시미'는 일품요리로 인정받았습니다.

수의사 스킬을 마스터했습니다. 당신은 축생의 친구입니다.

양조 스킬이 취미의 단계를 넘어 대량 주조에 도전 중입니다.

막걸리 주조에 성공하면 양조 면허가 발급됩니다.

용접 스킬로 '메카닉 맨' 타이틀을 획득했습니다.

대장장이 스킬 중 도구 장인 타이틀을 획득했습니다.

무구 장인과 무기 장인은 기초적인 수준이지만 발전할 여력이 높습니다.

차 스킬을 마스터했습니다. '다박사' 타이틀을 획득했습니다. 전통 다구를 제작할 수 있습니다.

자기(瓷器) 제작 스킬을 마스터했습니다. 해부 스킬과 연동되어 몬스터 뼈를 부숴 만든 '본 바미안'이란 자기 세트를 상품화했습니다.

바리스타 스킬을 마스터했습니다. 블랜딩 커피를 활력 상품으로 판매 가능합니다.

토목 스킬을 마스터했습니다. 대규모 개발에 당신의 조언이 필요합니다. 면허 대여도 가능합니다.

건축 스킬을 마스터했습니다. 미려한 건축물을 지으려면 당신의 도움이 필요합니다. 이는 영지 내 독점적인 지위입니다.

…스킬을 마스터했습니다.

… ….

…스킬을 마스터했습니다.

거의 병적인 생활 스킬 마스터 스토리라…….

그렇다. 달리 생활의 달인이 아니다.

＊　　　＊　　　＊

혁스는 나를 안타까움이 담긴 눈으로 바라보았고, 그런 혁스를 나는 감정을 실어 노려보았다.

"아씨, 오늘도 그냥 넘어가질 않네. 나, 갈래."

"어허, 잠깐."

"……."

"오늘 술도 얻어먹고 해서 하는 말인데……."

"뜸 그만 들이고 어서 말해요. 막걸리 만들면 국물도 없어."

"마, 막걸리! 그, 그게 가능해?"

막걸리란 단어에 급 반색하는 혁스였다.

"가능하게 만들어야죠. 안 해본 것 빼고 다 해본 테이머 지오 아닙니까?"

그는 일어나려는 내 발을 두 팔로 잡았다,

"잠깐, 지인에게서 긴급 의뢰가 들어왔다."

"……?"

이건 뭔가?

기시감!

바로 매드 지오에게 벌어진 일이 떠올랐다.

아씨, 이거 또 원정대 시다바리 아냐?

하나 끝까지 들어보자. 실제로 한가하잖은가.

"출장 용접 일이야. 뭐, 부서진 외장갑을 수리하는 일인데 그 정도 일에 내가 가는 건 아닌 것 같아."

"그건 그래. 지존 잉여의 자존심이 있지."

"그래서 네가 가줬으면 해."

"음."

외장갑 교체나 용접은 고급 스킬이 아니기에 충분히 익힌 상태다.

현실에서 슈팅 아머 정비를 한 관록이 도움이 되었다.

"간단한 일이니 다른 유저를 구해도 될 것 같은데."

"쯧, 물론 간단한 일이지. 하지만 강철거인 껍데기를 다뤄본 유저가 지금 과연 몇이나 돼서?"

"그건 그렇군."

현재 E&T는 간단한 정비조차 경험자가 필요한 시점이다.

한몫 챙기려면 메카닉 맨이 쏟아져 나오기 직전인 지금 한몫 챙겨야 한다.

이것이 E&T 스킬 시스템이다.

경험자 다음에 전문가가 있고, 더 나아가면 히든 클래스로 발전하는 식.

심심했는데 출장 용접 일 해봐?

그 누구 말대로 일단 한번 해봐?

"제일 중요한 보수 이야기를 하지 않았군. 교체해서 나온 고철은 모두 네 몫이야. 일당은 그것이 다야."

"에게?"

"에게라니? 그 정도면 유저들 살림에선 크게 양보한 거야."

"그건 그렇지만……."

지오 캐릭들이 다들 어중간한 부자라서 좋은 조건이 좋은 조건으로 보이지 않고 있음이라.

초심, 초심, 초심.

나는 이 단어를 연속해서 되뇌었다.

하지만 딱히 당기지 않는다.

"그런데 어떤 원정이래요? 장거리 던전은 사양입니다."

길이 엇갈려 또 다른 나를 상대로 싸우는 일은 사양하고 싶다.

"까다롭기는, 그런 원정 아냐. 공대도 아니구."

"응?"

"자유도시에 강철거인 전용 투기장이 생겼어."

“……!”

잠깐, 이건 뭐지?

아니, 그런 일이 있으면 내가 제일 먼저 알아야 하는 거 아냐?

이게 사실이면 매서커가 미요랑 데이트 나갈 여유가 없다.

지하 투기장에서 다른 강철거인들을 싹쓸이할 수 있음이니.

“아, 투기장은 이제 시작이야. 몇 번 소규모로 시범적으로 열렸고, 반응이 좋아 정식으로 출범한다는 거지. ‘암흑의 리그’ 라는 이름이 붙었어.”

“오호!”

그래도 이상하다. 다른 영주의 도시도 아니고 만인이 공유하는 자유도시 아닌가.

내가 세를 놓은 지하상가도 있고 나름의 인맥으로 제법 정보가 들어오는 곳이다.

이도 미요의 텃세인가? 그러면, 정말이면 안 볼 거야.

나, 돈독 올랐거든.

눈에서 불이 타올랐다.

헉스는 만족스러운 미소가 입가에 걸렸다. 아유, 저 밉상!

당신, 나를 너무 잘 알아.

“자자, 진정해. 미요라고 다 알 수 있는 일은 아니니. 일단 경기는 E&T 검증하에 공개로 하고 베팅이 이루어지는 루트는 알려지지 않아 암흑의 리그라는 타이틀이 붙었어. 즉, 배팅은 끼리끼리 아는 사람만 하는 거야.”

“…….”

“어때? 엉큼한 냄새 나지?”

바로 그래서 문제인 거다. 그런 정보면 미요가 모를 리 없잖은가.

네 이것을!

“나 참, 리그가 이제 만들어졌으니 지금쯤 정보가 들어갔을 거야.”

“끙.”

헉스가 미요에게 뇌물 먹었나? 은근히 역성이네.

“여하튼 이번 주부터 금토일, 삼 일 연속으로 강철거인 서른두 기가 출전해. 제일 무난한 16강 토너먼트 식으로 진행된다고 하니 겸사겸사 가보는 거야.”

“갈 수밖에 없네요. 쩐이 걸린 싸움인데. 제길, 용접공으로 가야 하다니. 가득이나 강철거인 부속이 부족한데.”

“이 배 밖에 나온 탐욕을 어쩌리오!”

“냅둬요—! 이렇게 살다 죽을 테니.”

나는 얼른 연장 가방을 챙겨 들었다.

그런 나를 헉스는 왕지네 주를 천천히 기울이며 회심의 미
소를 지으며 바라보았다.

그리고 결정타,

"예비 부속하고 예비 장갑 팔면 내 수수료는 8%다."

…….

이래서 중년 악당은 재미없다니까.

"카아, 술맛 좋고!"

아우, 졸지에 헉스의 부품 영업사원이 되고 말다니.

Act 04

機甲戰記
Massacre
기갑전기 매서커

신이 인간을 만들었다고 착각하게 놔두자. 어쨌든 누가 뭐라든 인간은 도시를 만들었다.

여기 그 놀라운 인간의 집단 창작물이 있다.

누런 황무지 위에 우뚝 솟아난 건축물의 거대한 군집은 압도적으로 거대하다.

그 자체로 하나의 건축물이자 도시!

이 도시의 이름은 없다.

자유도시, 말 그대로 자유도시다.

주인이 없었고, 주인이 없는, 주인이 없을 모두의, 만인의 소유라 이거다.

이 자유도시는 최근에 번창하기 시작한 E&T의 인구 백만이 넘는 5대 중점도시 중 가장 규모가 크고 역사가 길다.

말이 나온 김에 유저에게 레벨이 있듯이 E&T의 도시도 레벨 시스템을 따르고 있다.

크게 중점도시, 거점도시, 개척도시, 개척촌 순이다.

중점도시의 수는 유저들의 유입으로 결정된다.

유입된 유저 수가 일백만이면 중점도시 중 하나라 할 수 있다.

한국 E&T엔 현재 다섯 개의 중점도시가 생겨났다. 내가 첫 접속을 했을 때 이백만 유저가 즐기고 있었지만 중점도시는 지금 도착한 이 도시가 유일했다.

무려 그사이 삼백만이나 되는 유저들이 늘어나며 네 개의 자유도시가 만들어졌지만 이 도시에 비하면 아기 같은 느낌이 든다.

중점도시 다음으로 거점도시가 있다. 이 거점도시는 유저들이 소유할 수 있다.

거래 대상이고 투쟁과 쟁취의 대상이기도 했다.

중점도시를 중심으로 사방으로 뻗은 위치에 인구 십만 규모의 교역도시로 중점도시와 게이트나 포탈로 연결되어 있다.

공, 후, 백작령의 영지 수도가 대부분 이 거점도시에 해당된다. 당연히 거대 길드나 유력 작업장의 소유하고 있다.

자유도시에 비하면 텃세가 장난이 아니다.

그 자체로 생겨나는 권모술수가 넘치는 내분과 파쟁으로 유저 게시판을 뜨거운 논쟁의 장으로 몰아넣기 다반사다.

거점도시 다음이 개척도시다.

나의 영지 수도 바미안이 아직 이 단계에 속한다.

중점도시와 게이트와 포탈을 연결하려면 소정의 보증금을 걸어야 한다.

창고 개설, 은행 유치 등 뭐 좀 하려면 다 돈이다.

개척도시 다음이 목책으로 보호되는 개척촌인데 필드상에 흔하게 뿌려져 있다.

개척촌에서 개척도시로 승격하자마자 거대 길드나 유력 작업장에 먹히는 수모를 겪기에 개척촌 상태를 유지하는 유저들이 대다수다.

나처럼 간 크게 막나가는 식으로 도시를 키우는 유저는 드문 게 아니라 아예 없다.

지금 생각해 보니 내가 너무 용감해서, 맞다, 단순 무식해서 벌어진 일이었다.

이처럼 유저들의 삶은 개척촌에서 시작해 중점도시에서 터를 잡아 성장한 다음 자기만의 세계를 만드는 식으로 이어지는 것이다.

나는 그 과정을 나름 격하게 따르고 있음이고.

인정하지 않겠지만 내가 달리 순천자(順天者)가 아니다.

여하튼 설명은 길었지만 지금 인큐베이터 시절을 보낸 자유도시로 돌아온 셈이다.

멀리서 바라보는 자유도시의 웅장한 외관은 오층 케이크와 같은 형상으로 도시의 내부가 전부 들여다보이는 독특한 구조의 거대도시이자 단일 건축물이었다.

'대지의 심장' 이 그 영향력의 규모를 차근히 줄여가는 방식으로 장벽이 감싸는 대지를 다섯 번 들어 올린 것 같은 느낌이랄까.

바미안이 성장하며 외성을 원주로 5미터씩 일괄적으로 자라난 것도 비슷한 원리가 적용된 것이라.

그렇게 E&T에선 도시가 성장할수록 안전한 철옹성 같은 외관으로 변모한다.

외성벽을 받치는 지반의 높이만 25미터 높이라 강철거인으로 도모하기조차 불가능하다.

외관은 그렇고, 이제 내부를 살펴보자.

회색 화강암으로 이루어진 외성벽 안엔 서민 거주 구역과 소규모 주점, 작은 규모의 잡다한 공방이 자리 잡고 있다. 광활한 서민 주거 구역에 들어선 집들의 외관은 옹기종기 서로 기생하며 붙어 있는 것이 버섯 군집이 모여 있는 것 같은 모습을 연출하고 있다.

마차가 움직이는 대로를 벗어나면 구불구불한 골목이 실핏줄처럼 이어져 있다. 늘 새로운 길이 만들어지고 없어져 지도가 소용없다.

이 복잡한 골목 내부는 그 자체로 미궁으로 유저 출입 금지 구역이라 할 수 있다.

유저들은 대로변에서 가까운 잡거 주택에서 생활한다.

그렇게 NPC들과 입문자들의 고향 역할을 수행하는 지역이다.

간혹 '쥐 잡이' 같은 이벤트성 던전이 생성되기도 한다.

이어 1차 내성벽이 있다.

이 1차 성벽 안에 각종 전문 상가와 중규모 공방, 길드 사무소, 교역 사무소, 무역 사무소, 카페 거리, 공원, 중규모 이상의 여관 등이 들어차 있다.

공원을 기점으로 도로가 잘 발달되어 있어 길 잃을 염려는 없다.

도시의 거대한 업무 지역이라 할 수 있다.

업무 지역은 2차 내성벽으로 이어진다.

이 2차 내성벽 안엔 각 클래스의 학원가와 은행, 이공간 창고, 이동 게이트, 직업별 경매장이 자리하고 있다.

하루 내내 유저들로 붐비는 지역이다.

그다음 3차 내성벽 안에 부유한 이와 고귀한 이들의 거주 지역인 석조 저택이 자리 잡고 있다.

고급 호텔과 그들만의 클럽 하우스가 있다.

이 지역은 NPC 출입 금지 구역이라 고용인도 유저를 채용해야 한다.

가상 슈퍼 리치의 취미인 집사와 하녀를 부리는 부르주아식 저택 꾸미기를 실현시킬 수 있다.

그렇다. 유저라면 이곳에 집 한 채 가지는 것이 꿈인 장소!

유저 중에서도 부유하든지 고귀하여야 하는데 나는 거주 자격이 있는 캐릭이 전부 해당된다. 자금 역시 충분하다.

하나 내 소유 저택은 없다. 빌릴 수조차 없다.

나에게 팔지도 빌려주지도 않는다.

이곳에 구축되어 있는 유저 사회가 지극히 폐쇄적이라는 것인데, 바로 미요가 꿈에도 바라 마지않은 그 사교계 되시겠다.

나와 그녀는 그 사교계에서 퇴출된 상태.

가상 사회를 지배하는 최고급 정보는 바로 이곳에서 거래되고 있다.

그렇다. 강철거인 투기장 운영과 불법 베팅에 관한 정보가 이곳에서 통제되고 있기에 강철거인을 제일 많이 보유하고 있는 바미안에 투기장 초대는 물론 베팅 정보조차 들어오지 않은 것이었다. 미요는 알면서 자존심상 말하지 않은 것이다.

다 내 탓이다!

그다음 마지막 4차 내성벽 안에는 문제의 블루 타워 같은 메이지 타워나 나이트 타워 등 각 클래스의 상징적인 건물들이 빼곡히 들어차 있다.

삐죽삐죽한 탑 군이 경쟁적으로 솟아 있는 지역으로 구축물 하나하나가 예술품 같은 외관을 자랑하고 있다.

자유도시가 도시 가운데 왕이라면 왕관과 같은 위치에 해당하는 지역이리라.

명예의 전당, 용자의 궁전, 도달자의 탑, 초월자의 탑 등, 장대하고 화려한 탑의 군락이 아름답다.

이 지역은 돈과 세력과는 거리가 멀다. 오로지 유저의 가진 바 능력과 실력!

E&T 유저 사회에서 유일무이한 업적을 달성한 자들만 받아들이기에 하이엔드 유저의 목표가 이 지역으로의 출입일 정도다.

나의 지오 캐릭 중 이곳에 출입 자격을 획득한 이는 단 셋뿐일 정도.

학살의 매서커, 도달자의 동신 팬텀, 아크 메이지의 영역을 기웃거리며 기계사로 전직한 메이지 지오 정도다.

여기까지가 도시의 드러난 외관에 대한 설명이고 도시의 지하에도 대칭식으로 도시 기능이 들어차 있다.

설명이 길었지만 자유도시는 인구 200만에 달하는 유저와 NPC들을 품고 있다. 현실에서 대한민국의 한 특정 지역과 비교하라면 부천시 정도 면적이리라.

보이지 않는 지하 공간까지 번잡하고 번화한 느낌이 밤낮으로 이어질 수밖에 없다.

여기서 내가 향하고 있는 암흑의 리그가 준비 중인 공간이 있는 곳은 1차 성벽 안에 자리한 폐허 지대다.

병영도 아닌 것이 그렇다고 콜로세움 전차 경기장도 아닌, 타원 형태의 건물 잔해가 감싸고 있는 빈 터였다.

외부와 격리된 구조물 더미로 인해 사적인 집단 결투장으로 이용되었다. 클랜전, 길드전 같은 파쟁이 벌어졌었다.

이는 초창기 때 이야기고 현재는 거대한 석조 잔해에 둘러싸인 축구장 다섯 배 크기만 한 황량한 평지가 그냥 놀고 있다.

건물 잔해에 다가갈수록 묘한 기운이 새어 나오고 있었고, 길은 거대한 부속품을 실은 짐마차가 가세해 유저들의 어깨가 서로 닿을 정도로 번잡했다.

마주치는 유저들의 눈엔 너나 할 것 없이 설렘과 기대로 가득 차 있다.

그렇게 안팎으로 열기로 요동치고 있었다.

이 열기의 정체는?

그랬다. 모험과 투기가 뒤엉킨 크나큰 활기 덩어리였다.

*　　*　　*

화강암 석조 구조물 잔해 으슥한 한편, 앞발을 든 백색 유니콘이 그려진 휘장이 펄럭이고 있다.

화려한 휘장 뒤 천장 높은 공간에선 도시 외곽 슬럼가에 자리한 정비 공장 같은 허술한 느낌이 흐르고 있다.

"마에스트로 헉스님이 소개하신 분인가요?"

"……."

이건 뭐…….

하아, 한숨이 절로 나온다.

폐허 지대 입구 경비에게 헉스의 소개장을 제출하니 턱짓으로 들여보내더라.

폐허 지대 안 문제의 강철거인 주기장을 찾기까지 과정은 둘째치자. 존심 상하니.

그렇게 이리 돌고 저리 돌아 도착한 곳이 구석진 곳에 자리한 이 팀이었다.

팀명은 짐작했듯 유니콘이란다.

팀 구성원은 골렘 오너 한 명에 예비 골렘 오너 두 명, 수리를 담당하는 메이지가 세 명에 외장갑 담당 메카닉 맨이 다섯 명인 제법 규모가 짜인 팀이었다.

구성에 비해 구성원들에게선 아마추어 냄새가 진동한다고나 할까.

한데 더 문제는 눈앞에 버티고 있는 강철거인이었다.

양철을 오려 붙인 듯 초라한 외장갑에 보호받지 못한 신체 부위가 더 많은, 노출이 극심한 솔저 급 강철거인이라는 것.

이제 갓 출토된 느낌도 아니고 백전노장 같은 느낌도 아닌, 이런 걸 뭐라고 해야 하나?

그래, 해골 뼈다귀에 주요 부위를 적당히 가린 정도다.

깡통이다!

살림살이 보태주고 싶은 팀이었다.

헉스 영감! 뭐 이런 팀을 소개해 준 거야?!

이제부터 알코올 공급 중지야.

"여보세요?! 불만이 있으신 건 알겠는데 너무 노골적이시네요."

"……."

내가 너무 표를 냈나?

내가 이중성격이 못 되니까 그런 거지.

소개장을 확인한 상대를 눈에 담았다.

영리함이 담긴 둥근 갈색 눈에 붉은 단발머리가 어울리는 붉은 멜빵바지의 전형적인 메카닉 맨 차림의 아가씨다.

멜빵 작업복은 필요 이상으로 헐렁하다. 주머니에 몽키와 스패너가 삐죽 삐져나와 있다.

어리군.

나의 실망감 넘치는 태도가 어지간히 불만인지 볼이 화난 복어같이 퉁퉁 부어 있다.

…….

이건 귀여운 볼이다.

현재 심히 몰입해 있는 매드 메이지의 '나쁜 남자' 감성이 침투해 들어왔다.

참을 수 없는 유혹. 절로 손이 그녀의 볼로 나가 중지, 검지 등으로 잡아당겼다.

"…아욱."

촉감 좋다.

짚은 김에 길게 잡아당겼다.

"까분다?! 내가 한참 오빠뻘이니까 말 놓는다."

"히익."

가뿐히 무시.

이것이 헉스로부터 전수 받은 기름밥의 기선 제압이라.

나 테이머 지오의 차림은 청색 멜빵바지를 입은 전형적인 메카닉 맨 복장을 하고 있다.

여기서 작업복 색이 짙은 남색이라 함은 빨주노초파남보 식으로 이루어지는 메카닉 맨의 기술자 등급 가운데 남색 단계이시다.

마에스트로의 상징 보라색 작업복 바로 직전 단계이니 가히 생활의 달인다운 차림이랄까.

다섯 멜빵바지들은 나의 이런 행동을 다들 그러려니 하는 분위기… 가 아니군.

다들 뜨악한 얼굴들이다.

우잉? 뭐가 문제지? 뭐가 문제냐고?

초록 멜빵바지 가운데 검은 뿔테 안경 청년이 나를 가리켰다. 손끝이 부들부들 떨고 있다.

"…단주라고요—?!"

"……?"

그는 소리를 버럭 질렀다.

"우리 유니콘단의 단주란 말입니다! 거참, 형광등이냐고요?! 바로 프로 야구로 치면…… 구.단.주."

"…응?"

아, 그래… 가 아니군.

나는 그제야 분노로 눈물이 고인 붉은 단발머리 아가씨를 돌아보았다.

커다란 둥근 갈색 눈이 분노로 보글보글 끓고 있다.

제, 젠장, 내가 고용주의 볼을 잡아당긴 건가?

붉은 경광등이 메시지 창을 달구었다.

제길, 뭐 이런 경고까지.

성추행 고용주는 들어봤어도 성추행 고용인은 못 들어봤다.

모, 몰라.

자르려면 지금 잘라—!

설마 자르라고 정말 자르는 건 아니겠지?

그녀의 눈엔 모종의 각오가 일렁였다.

다급했다.

테이머 지오에게 색다른(?) 경험이 필요하다!

덥석—!

헉스의 필살 아부 모드로 그녀의 바지 자락을 붙들고 늘어졌다.

한데 주르륵 힘없이 흘러내리는 멜빵바지.

확대되어 들어오는 눈앞의 하얀 허벅지!

눈알이 튀어나오는 줄 알았다.

바닥에 흘러내린 멜빵바지를 일별하고 어정쩡한 자세로 위를 올려보았다. 면 티로 가리기엔 그 윤곽은 선명하다.

게다가 상대는 진정 레알 리얼계!

당황함과 부끄러움으로 중무장한 둥그런 갈색 눈은 울기 직전이다.

바로 그 눈과 어색해 마지않는 내 눈과 마주쳤다.

타르타로스 혼돈의 시간이 이럴까.

귀청을 찢어버리는 절규와 기름때 묻은 스패너의 은빛 궤적에서 불이 번쩍했다.

"꺄악―!! 변태야―!!"

붉은 경고등의 깜박임이 요란하다,

> 합의하지 않은 연속적인 성추행 행위입니다!
> 우연이라기엔 고의성이 다분합니다.
> 당신은 자유도시에서 '추행 유저'로 모든 고용주들에게 통보되었습니다.
> E&T 여성 유저 전원에게 요주의 유저로 등제되었습니다.

앗, 블랙리스트 등제까지⋯⋯.

지오 캐릭 중 누구도 이루지 못한 쾌거(?)를 테이머 지오가
이룩한 것이다.
누가 헐겁게 입으라 했냐고요?!
하나 나를 절망으로 몰아넣은 것은 이게 다가 아니다.
다섯 개의 귀엣말이 일시에 들이닥쳤다.

""""""야이, 바람둥이야—! 무슨 짓을 하고 다니는 거
야—!"""""

이어 착 가라앉은 으스스한 톤으로,

"""""지금 거기 어디야?"""""

행간에 살기가 요동쳤다.
지오 캐릭 중 처음으로 귀엣말 거부 설정을 했다.

…더불어 '오빠 믿지 마!' 위치 추적 거부 아이템을 유료로
발랐다.

*　　　　*　　　　*

……

골이 띵하다.

발목에 위치 추적 발찌가 채워지는 환상이 아직 가시지 않고 있다.

몽키와 스패너로 무지막지한 폭행을 당하고도 항변할 길이 없다.

여성 유저의 볼을 꼬집질 않나, 바지를 끌어내리질 않나, 건전한 생활의 달인 테이머 지오의 추락이 터무니없다.

AI가 규정한 치한이라니.

하아, 오늘 왜 이러는 거야?

이게 다 매드 지오의 나쁜 남자 신드롬 때문이라고요?!

여하튼 눈앞의 고용주의 비위를 맞추는 게 급선무다.

건강한 영업용 미소와 더불어 입술에 침을 살짝 발랐다.

"하핫, 헉스님이 입이 마르도록 칭찬한 팀이라 뭔가 달라도 다르군요."

칭찬한 적 없다. 내 역량이 절실히 필요한 팀이라 했지.

비굴비굴. 다 먹고 살기 위한 아부신공을 발휘하고 있음이다.

하나 여전히 분위기가 싸하다.

기대와 호의적인 눈으로 반기던 메카닉 맨들의 눈이 싸늘하게 식어 있다.

동료로 받아들이기엔 자신들의 가치까지 깎아내리는 존재로 파악했음이라. 나일지라도…….

매드 지오 같은 오만함을 발휘하는 게 아니었어.

역시 캐릭도 캐릭 나름이라 이건가.

자, 여기서 단장님, 미래의 강철거인 리그 최고의 단장을 꿈꾸시는 아가씨로 '달리' 라는 이름을 가진 분이 되시겠다.

척 보니 모종의 히든 클래스로 인해 코가 꿰인 게 역력하다.

레벨이 상당히 높음에도 밑바닥 메카닉 맨 복장을 하고 있어.

활활 타오르는 붉은 머리 고용주께서 한쪽 볼이 붉게 부어 팔짱을 끼고 나를 노려보고 있으시다.

…….

무지막지한 공구 강타로는 모자란 것인가?

하나 아담한 키에 헐렁한 멜빵 사이로 살짝 윤곽이 그려지는 가슴 선의 박력은 예사롭지 않다.

그녀의 노려보는 눈과 마주쳤다.

내려 까는 각도로 살짝 외면하며,

"…조직력이 느껴집니다."

다시 한 번 더 아부.

"조직된 지 삼 일 되었거든요, 오라버니."

기대와 달리 달리가 억양없는 목소리로 답했다.

"하, 하핫, 제가 감히 오라버니라니요? 어디 가도 조직이 굴러가려면 위계질서가 중요한 법. 그 호칭, 정중히 사양하겠습니다."

어색하게 웃으며 급 진화를 시도했다.

하나 단단히 꼬인 팔짱은 풀릴 기미가 보이지 않았다.

"흥! 여하튼 실력을 검증했으면 해요."

나는 바로 그 말을 가다렸다는 듯 가슴을 탕탕 쳤다.

"기술자 세계에선 작업복의 색이 모든 걸 말해줍니다."

"알아요. 저를 포함해 다섯 명이 메카닉 맨이지만 솔직히 경험이 부족해요. 헉스님 말로는 오.라.버.니.께서는 무려 여덟 기의 강철거인의 외장갑을 갈아보셨다는데……."

"……."

암, 근육 터지도록 힘 좀 썼지.

진실이기에 당당한 눈으로 고개를 끄덕였다. 눈에 필요 이상의 진실을 담아서.

"눈앞에 이 친구의 외장갑을 입혀주셨으면 해요."

"……."

히익?!!! 거짓말이지.

재앙은 여전히 내 편이구나.

이건 완전히 새로 입혀야 할 물건이 아니던가.

마에스트로 헉스가 거들어도 이틀 후 경기 직전까지 조립을 마칠 수 없다.

아니면 그 누군가가 코피를 쏟아야 할 작업 양이다.

달리는 흘러내리려는 어깨 멜빵을 당겨 올렸다. 살짝 드러난 가슴 윤곽에 박력이 걸렸다.

"지금 당장, 오. 라. 버. 니."

단장님, 카리스마 쩔어주시고.

"옙."

왜 이리 급 비굴 모드로 전환했냐고?

성추행 고용인으로 영원히 찍힐까 봐서가 아니다.

헉스의 명망을 고려한 협조는 더욱 아니다.

그러면?

주변을 둘러보라—!

공간을 지배하는 이 뜨거운 열기를.

당연한 거다. 이곳에 오기까지 주기장을 들러보니 서른두 기의 각양각색의 강철거인이 몰려 있음을 확인했다.

넘쳐나는 부속과 예비 장갑들, 기형적인 거대 무구들, 화려한 도색으로 치장되고 있는 강철거인들에 무수한 관련인이 달라붙어 눈빛을 빛내며 굵은 땀을 흘리고 있다.

그렇게 긍정적인 에너지로 충만하다.

여기서 긍정적인 에너지란?

쩐, 金, 돈, Money—!
'오— 머니' 되시겠다.

여기서 긍정적인 에너지란?

쩐, 金, 돈, Money—!

OF TEN DIVINE NAMES
Act 05
강철 리그

機甲戰記
Massacre
기갑전기 매서커

열기에 편승하려 했지만 눈앞의 현실은 냉정하다.

앙상한 뼈대, 육중하고 두툼한 장갑을 걸칠 받침 부위는 연약하고 터무니없는 장소에 조립되어 있다.

이건 숫제 좀비를 산 사람으로 만들어놓으라는 것과 같다.

어디서부터 손을 보나. 암담하다.

막상 다가가 훑어보니 헉스가 전적으로 도와줘도 일주일 공사 거리!

골이 지끈거렸다.

이걸 어떻게 이틀 만에 마친단 말인가.

나를 도와줄 안경잡이 일당이 괜히 미안한 표정을 지으며 쭈뼛거리고 있다.

아직 손발이 맞지 않은 메카닉 맨의 도움을 기대하기엔 일을 그르칠 공산이 크다.

연장과 도구 정리 정돈만 거들어주면 이도 큰 도움이니 일단 두고 보기로.

여하튼 이들은 스킬 포인트를 올리기 위해 이곳에 있는 존재. 나 혼자의 힘과 능력으로 전적으로 해결해야 할 문제다.

돈 냄새에 취했지만 열정이 생겨나지 않고 있다.

게다가 달리에게 거드름 피우는 골렘 오너라는 녀석도 괜히 믿음직스럽지 않다.

거 있잖은가? 왠지 포장이 화려한 과자 봉지 같은 느낌.

망토를 고쳐 매는 게 몇 번인지 모른다.

아씨, 달아나?

한데 벌거벗은 강철거인의 모습이 애처롭기만 하다.

아기야—!

너는 왜 그런 모습으로 내 눈에 나타났느냐?

헐벗은 강철거인을 향한 처량한 마음이 절로 들었다.

못 말릴 메카닉 맨 근성이랄까.

이렇게 감정 이입을 하면 조금씩 변화하는 모습을 지켜보는 보람이 크다.

자존심 상하지만 기계사 지오에게 문제의 강철거인 상태를 전송해 협조를 구했다.

좋아, 그렇다는 거지.

작업 순서가 하나둘 그려지기 시작했다.

그때였다.

작업 돌입을 위한 감정 몰입을 방해한 자들이 등장한 것은.

등 뒤로 구경꾼들의 그림자가 길게 드리워졌다.

"에이, 이게 뭐야? 이 팀은 시작하기도 전에 기권이구먼."

"어허, 기권이라니? 요즘 벗고 씨우는 게 유행 아닌삼?"

"맞아, 모 아니면 도라 이건가? 과연 이보다 완벽한 전투 모드가 있던가?!"

"크큭."

"케케."

강철거인의 전투 정비를 마친 다른 팀의 메카닉 맨들이었다.

이리저리 다른 팀을 기웃거리며 상대 팀에 야유를 보내고 있음이다.

리그 시작 전에 어련히 벌어지는 신경전을 겸한 전초전!

한데 이 경박한 비아냥거림이 당당히 이어지는 것이 우리 팀 유니콘단은 오래전부터 놀림의 대상으로 찍힌 듯하다.

유니콘단의 역사를 모르니……. 차차 알겠지.

여하튼 이건 좋지 않다. 집중력을 떨어뜨리는 쓸데없는 신경전은 사양이다.

"가만가만, 그 유명한 성추행 유저 아니신가?"

"이크, 강철거인을 벗길 태세야."

"과연 놀라운 추행 능력자, 강철거인마저 추행 대상으로 여기다니."

어어, 이 작자들이?! 공구 상자에서 스패너를 살며시 꺼내 들었다.

뉘들, 잘 걸렸다!

한마디만 더 나오면 삼연타, 쓰리쿠션 연장 타격기를 선보여 줄 테니.

달리가 뾰족한 목소리로 항의했다,

"작작 하고 꺼지라고, 배신자들!"

"어허, 배신자라니?! 우리가?!"

"배신자!"

"달리, 길드를 깬 건 길드원의 전원 합의에 의한 거라고."

"배신자!"

달리의 말을 받은 이는 나와 같은 남색 멜빵바지를 걸친, 밤색 머리에 어깨가 벌어진 다부진 체구의 청년이었다. 굵은 볼트가 귀고리로 채워져 있다.

척 보아도 메카닉 계열의 히든 클래스 부여자였다.

“배신자란 말, 당장 취소하시지.”

“웃기지 마! 우리 힘으론 영지를 지키지 못할 거라며 성전 기사단을 끌어들인 건 다 미리 짠 작전이었잖아?! 그렇게 길드와 영지를 팔아먹고는 뻔뻔하게 돌아다니다니.”

“나 참.”

“바미안을 보라고. 강철거인만으로 잘도 버티고 있는데, 우리도…….”

“정신 차려! 이미 끝난 일이야. 우리만 그런가? 그렇게 넘어간 길드와 영지는 허다하다고. 그나마 우리는 성전기사단에서 가격 잘 쳐준 거야.”

“뭐라고?! 잘 쳐주다니?! 뭘?”

“네 뒤에 그 뼈다귀가 그냥 뚝 떨어진 게 아니거든? 다 성전기사단에서 발굴해서 위자료로 배정받은 걸 조합한 거잖아. 그나마 그 정도 챙긴 걸 고마운 줄 알라고!”

“헛소리! 오빠들을 믿었는데…….”

삐걱거리는 입씨름이 길게 이어질 것 같다.

대충 그림이 그려졌다.

유니콘 길드가 있었다.

두 개의 영지에 한 개 거점도시까지 보유한, 친목 길드치곤 제법 잘 나가는 축에 속했다. 바미안과는 거리가 멀어 교류할 세력은 아니었다.

그 길드가 파편 전쟁에 휩쓸려 사분오열 나뉘어졌다고 들었다.

'유니콘 길드'와 달리의 '팀 유니콘', 연결이 자연스럽다.

그렇게 팀 유니콘은 영지가 성전기사단에 넘어가고 그 위 자료로 꾸린 것이었다.

여하튼 달리와 청년 사이에 눈싸움이 사납다.

팀원 가운데 메카닉 맨과 메이지들은 나서길 꺼려하는 눈치다.

청년과 안면이 걸리는 사이다. 그것도 손 아픈.

손에 든 스패너를 내려놓았다.

이렇게 감정이 요동치는 공간에선 작업을 할 수 없다.

그렇다. 신경전은 예술가(?)에겐 치명적인 환경이라.

"어이, 거기까지."

"……?"

시선이 내게 모아졌다. 내가 어쩌겠냐는 도발적인 시선으로 이어졌다.

"내가 지금 시간이 없거든?!"

다들 눈으로 '그래서?'라고 물어왔다.

나는 멜빵 포켓에서 백색 몬스터 소환구를 꺼내 들었다.

"가드 소환! 레드 홀, 식사 시간이야. 아, 중참이려나?"

백색 소환구에서 붉은빛이 번지며 거대한 형태의 털 뭉치를 토해냈다.

레드 홀 등장!

등장과 동시에 용맹한 일성을 토했다.

크워어어어웍—!!

흉악한 눈을 두리번거리며 적을 찾았다. 갑작스러운 소환이기에 전투 모드였다.

가끔 기특한 짓을 하는군.

레드 홀의 등장에 일행은 얼굴에 핏기가 사라지며 분분히 흩어졌다.

다시금 레드 홀의 낮은 포효.

크르르르르릉—!

일성을 해석하자면 '중참 어디 있냐고?' 다.

나는 얼른 이공간 창고를 열어 거대한 밀폐 용기를 꺼내 펼쳤다.

방석 크기의 특대 햄 에그 샌드위치가 등장했다.

내가 직접 만들었다.

레드 홀은 얼른 샌드위치를 양손에 들더니 큼지막하게 한 입 베어 물었다. 샌드위치의 3분의 2가 사라졌다.

저 덩치를 보라.

저 흡족한 미소를 보라.

발전에 발전을 거듭하는 저 먹성을 보라—!

등골이 휘어 뼈 빠지는 테이머 지오의 허리를 보라!

인간의 능력으로 방석 크기의 샌드위치를 만든다고 생각해 보라.

크흑, 눈물이 앞을 가린다.

괜히 테이머 지오가 성격 좋은 게 아니다.

오늘 삐뚤어진 매드 지오 흉내 내려다 얼굴 구겨졌을 뿐.

다시금 달리와 언쟁을 벌리던 무리가 겁에 질려 물러났다. 달리와 다른 팀원도 예외없다.

다들 얼굴에 물음표가 가득하다.

메카닉 맨이 테이머라니!

스탯 상성이 상극이 아니던가.

다들 경악에 찬 시선으로 나를 보고 있다.

하나 나타난 덩치는 먹기에 그저 여념이 없다.

등장할 때의 박력이 무색하다. 먹기만 한다. 먹고, 먹고, 또 먹고.

쩝쩝, 샌드위치 세 개를 먹어치운 다음 손가락에 밴 소스를 쪽쪽 빨고 있다.

…….

덩치만 큰 애완동물이리라는 인식이 들기에 충분하다.

"기억났다. 먹보 레드 홀이다!"

네가 나보다 낫구나. 알아보는 사람이 다 있고.

그렇게 알아보는 이가 나타나고, 곳곳에서 야유가 터져 나왔다.

이곳에서 벌어진 일과 상관없는 다른 팀에서 경악의 탄성이 흘러나왔다.

"야수를 풀어놓다니, 미친 거 아냐?!"

"가드 불러! 아니, 리그 운영팀 불러요!"

아니나 다를까, 도시 경비대와 힘 좀 쓰게 생긴 골렘 오너 몇과 리그 운영위원들이 몰려왔다.

이 모두를 대신해 운영위원이 나섰다.

"아니, 팀 유니콘! 주기장에 야수를 풀어놓다니요? 정비창 사용 허가를 취소할 수 있습니다."

"그, 그게……."

그 흔한 도르래조차 없는 정비창이 정비창이냐?

하나 달리는 급하게 나를 돌아보았다. 그 책망의 눈빛엔 이 소동을 멈추라는 압력이 담겨 있다.

나는 한발 걸어 나섰다.

"다들 눈이 없는 거 아닙니까?"

레드 홀을 가리키며 뻔뻔하게 대꾸했다.

"이 레드 홀은 크레인도 없는 장소에서 육중한 장갑을 붙들어줄 든든한 동료란 말입니다.”

“……”

다들 믿기 힘든 얼굴들이었다. 달리까지.

시범을 보일 수밖에.

“레드 홀, 나 좀 올려줘. 여기 선까지.”

레드 홀은 기분 나쁘게 으르렁거렸지만 밥값은 하겠다는 눈으로 강철거인 앞에 몸을 숙이며 나를 두 손으로 들어 올렸다.

내가 지정한 그 높이까지 딱.

나는 공구로 강철거인의 얇은 장갑을 해체하기 시작했다.

찌걱찌걱. 이런 양철 장갑을 보았나. 잘도 풀린다.

나는 발로 신호를 보내 떨어지려는 장갑 부위를 레드 홀로 하여금 고정하게끔 했다.

거친 한 손으로 떨어지려는 장갑 일부를 받치는 레드 홀.

“오—!!”

순간 구경꾼들의 입에서 순수한 의미가 담긴 감탄성이 울렸다.

그렇게 순식간에 어깨 장갑 일부를 분해해 바닥에 조심스럽게 내려놓았다.

사실 별거 아닌 단순한 과정이지만 네다섯 명은 거들어야 되는 일이었다.

그런 번잡한 일을 레드 홀이라는 야수를 동원해 간단하게 해치우자 구경하는 이들의 눈과 입이 커졌다.

메카닉 맨들은 한눈에 그 진가를 알아보았다. 절약된 시간과 정력의 수치를.

그렇다. 레드 홀은 보기보다 섬세하고 유용한 야수다.

배만 부르다면.

*　　　*　　　*

경기 개시 한 시간 전이었다.

눈앞의 성과에 목이 메여 온다.

목을 감싸 안은 두툼한 적층 장갑, 가슴과 배를 과장되게 보호한 둥그스름하게 돌출한 가슴받이, 팔다리를 보호하는 장갑도 실용적이고 용접 부위도 통 주물로 찍어 나온 것같이 깔끔하다.

머리를 보호하는 투구도 실용적이고 정수리에 뾰족하게 솟아 오른 1미터에 달하는 피뢰침 투구 장식은 유니콘의 뿔을 연상시키기 충분하다.

도색은 하지 못했지만 장갑 특유의 거무튀튀한 색으로 강인함을 유감없이 발하고 있다.

순백의 유니콘이 아닌 순흑의 유니콘이랄까.

아니면 탁한 와인 색이려나.

그렇게 강철거인다운 강철거인이 눈앞에 있다.

"대단해요."

어허, 오라버니라고 뒤에 붙여야지.

암, 당연히 대단하지. 이 몸이 그렇게 고생을 했는데.

특히 야식비가 장난 아니었다.

한밤에 레드 홀을 부리며 대가를 톡톡히 치러야 했다.

보람은 있다. 팀 유니콘의 단장, 붉은 단발머리 달리의 밝고 명랑한 두 눈은 지금 경탄의 눈으로 변해 나를 바라보고 있다.

맨다리를 기어오르는 벌레 보는 그런 눈이 아니다.

곧 생활의 달인인 이 몸을 존경하게 되겠지.

그리고 오라버니라는 단어를 입에 물고 졸졸 나를 따라다닐 테지.

……이거 다 공식이야!

하나 이는 희망사항일 뿐, 그날 이후 절대 오라버니라는 단어는 들을 수 없다.

게다가 반경 3미터 안에 다가오는 일조차 없다.

역시 성희롱 지오가 되고 말았어.

여하튼 테이머 지오가 간만에 집중해 눈 튀어나오려 한다.

그냥 침대에 뻗어버리고 싶다.

속이 미식거리는 것이 여간 거북한 게 아니다.

뇌 속이 부글부글 열탕 수준이다.

나는 끓어오르는 뇌 속을 식히기 위해 강철거인 유니콘의 차가운 금속 표면에 이마를 가져다 댔다.

뜨겁게 끓어오르는 뇌 속에 차가운 금속 냉기가 스며들었다.

짜라랑—!!

Quest

어셈블러, 조립사!

당신은 최단 시간에 강철거인의 외장갑을 교체했습니다.

이에 어셈블러, 조립사 타이틀을 부여합니다.

이후 동종 강철거인의 외장갑 교체 시 조립 시간이 30% 단축됩니다.

용접 효율이 22% 향상됩니다.

다른 강철거인의 외장갑 교체 시 조립 시간은 8% 단축됩니다.

용접 효율은 6% 향상됩니다.

……

조립사라……. 역시 고생한 보람을 이런 식으로 보상하는구나.

결정적으로!

오호, 이건 놀라운 팁이다.

더 이상 레드 홀에게 비굴하게 장갑을 붙들어 달라고 애원할 필요가 없어.

눈물이 나오려 한다.

그렇게 나만의 시간에 빠져 있는데 등 뒤에서 외부인의 접근이 느껴졌다.

"팀 유니콘, 출전 점검 나왔습니……."

말을 잇지 못했다.

"이럴 수가?!"

"어떻게? 도대체 어떻게 된 거야?"

"이 장갑은 보지 못한 형태!"

리그 운영위원들과 다른 팀의 메카닉 맨들이었다.

술렁거림이 클수록 나의 뿌듯함은 커져만 갔다.

이틀 전 노골적으로 트러블을 일으켰던 자도 와 있다. 입꼬리가 비틀어진 게 여간 심기가 불편해 보이는 게 아니다.

달리는 자신감 넘치는 웃는 눈으로 그를 노려보았다.

마치 내 실력이 어떠냐는 도전적인 눈빛이다.

이거 내가 다 했거든?!

아, 그녀는 놀랍게도 레드 홀의 야식을 사냥해 주었지.

그녀의 본업은 몬스터 헌터였다. 그것도 꽤나 능력자다.

그러며 레드 홀과 코와 코를 맞추는 사이로 발전하더라.

나도 맞추지 못한 '우애의 코 맞춤'을 그녀가 해내다니.

먹거리 앞에 지조없는 레드 홀 같으니.

어쨌든 지금 구경꾼들은 계속 늘어났고, 놀라움의 술렁거림은 비례해 늘어났다.

당연히 메카닉 맨뿐 아니라 정비창과 주기장을 하릴없이 배회하는 골렘 오너들까지 몰려왔다.

솔저 급이라 무시하던 눈은 그 어디에도 찾을 수 없다.

더러는 강철거인 유니콘의 장갑을 두드려 보며 혀를 내둘렀다.

대다수 자신의 강철거인과 가상의 대결을 그려보는 눈치였다.

너나 할 것 없이 절레절레 고개를 흔들었다.

외장갑 세트는 양산품이지만 마에스트로 헉스의 노하우가 배인 역작이다.

두툼한 두께, 미려한 곡면 처리에서 강도를 결정하는 마력 열처리까지 이곳에 자리한 그 어떤 외장갑보다 월등한 스펙을 자랑하고 있다.

충분히 32강과 16강을 버틸 장갑이다.

이로써 두 기 노획!

게다가 위대한 이 어셈블러께서 파손된 장갑을 밤새워 복구할 테니 8강은 물론 4강도 문제없다.

자, 다시 두 기 노획!

물론 이런 1+1식 계산은 근거있다. 현재 골렘 오너의 실력은 고만고만하다.

몇 번의 모의식 결투를 거쳤지만 기체의 성능에 크게 좌우되고 있다. 특히 껍데기 격인 외장갑이 검격 하나를 버티면 그 보복성 타격이 더해져 상대에게 두 배의 타격을 가하는 식으로 전개되고 있다.

달리를 통해 결투 동영상을 보고 나서 그 무식함에 기함을 했다.

어떤 그림이냐면 서로 한 번씩 칼질을 교환하는 소모성 전투를 하고 있다. 너 한 번 칼질, 나 한 번 칼질, 그런 식.

누구 맷집이 단단한지의 경쟁이라.

달리는 그렇기에 나에게 제일 두터운 장갑으로 달아달라고 요구했다.

나는 그 요구를 지금 120% 달성해 주었고.

게다가 백병전의 달인 매서커의 아이디어가 가미된 어깨 장갑을 보라.

빵빵하게 부풀어 오른 공갈 장갑처럼 보이지만 방패 저리 가라 정도의 효용을 발휘할 두께다.

달리가 말했었다. 대진 운도 그리 나쁘지 않다고.

16강까지 예상 골렘 오너의 실력이 비슷하고 골렘의 체급도 같은 솔저 급이라 했다.

곧 리그가 시작되어 유니콘이 승승장구할 테고, 이는 곧 나의 성장으로 이어지리라.

유니콘이여, 승승장구하라—!

그렇게 뿌듯함을 담아 마음속으로 축원을 보냈다.

              *   *   *

"단번에 우승 후보로군."

"팀 유니콘의 전력에서 90%는 메카닉 치프의 역량이 차지하지 싶어."

들으라는 듯이 중얼거리는 것이 벌써부터 친해지려는 무리가 생겨나고 있다.

메카닉 맨들이 나를 보는 눈은 존경과 부러움의 그것이었다.

무허헛, 나는 기름범벅인 작업복의 소매로 이마에 흐르는 마지막 땀을 훔쳤다.

이마에 검은 기름때가 묻었지만 내가 나에게 주는 훈장!

나는 뿌듯한 눈으로 유니콘에 탑승할 우리 팀 골렘 오너를 바라보았다.

그는 전형적인 자뻑 밀리터리 캐릭이다, 나의 지오처럼.

멋 부리기에 골몰하는 자로 못 미더웠지만 그래도 골렘 오너로서 역할은 제대로 수행할 것으로 기대는 되어… 어?

왜? 이 작자의 안색이 어둡지?

숙취로 골이 아픈가?

모두가 기대에 찬 눈으로 지켜보는 가운데 그는 유니콘의 탑승 절차에 들고 있다.

탑승 과정에서 여보란 듯 망토를 터는 동작이 동신 팬텀의 거만한 그림을 흉내 낸 것이었다.

젠장, 왜 내 얼굴이 화끈거리지?

아니나 다를까.

다들 병맛으로 여기는지 싸늘한 조소가 얼굴에 걸렸다.

저런 건 역시 주인공이 해야 어울리지. 암.

그의 모습이 완전히 유니콘 속으로 사라졌다. 곧,

삐싱—!!

오호, 강철거인 유니콘의 눈에 사나운 청색 빛이 들어왔다.

시작 좋고?!

잉?! 왜 저리 깜박거리지?

빛이 박력없이 점점 더 희미해지는 건 무슨 조화인가.

공— 공— 공. 공— 공— 공. 공— 공— 공. 공— 공— 공.

마나 엔진의 박동은 지극히 정상이다.

기이이잉— 기이이잉— 기이이잉— 기이이잉—

마나 펌프가 뿜어내는 마력 토출도 안정적이다.

360도 허리 돌리기에서 180도 양팔 돌리기와 교차 돌리기까지 기본 예비 동작이 무리없이 이어지고 있었다.

건너편에 안도의 한숨을 쉬는 유니콘 팀 소속 메이지들이 보였다.

저들은 한마디로 실력있다. 있다 함은 좋은 것과는 다른 의

미지만 마력선을 연결하는 것을 지켜보니 팀워크가 훌륭했다.

여하튼 유니콘의 동작까지 정상적으로 나오니 메이지들도 제 역할을 한 셈이라.

한데 왠지도 아니고 아주 대놓고 불길하다.

그리고 몇 초 후, 으그그궁 하고 관절이 펴지며 유니콘이 몸을 일으켰다.

좋아! 좋았어!

이제 경기장 입구로 가서 대기하면 출전 준비 끝이다.

한데,

쿠궁, 쿠궁 한 걸음 두 걸음 힘겹게 내딛더니 술 취한 사람처럼 이리 비틀 저리 비틀거리는 게 아닌가.

오, 마이 갓!

와당탕—!!

이마를 앞으로 스르륵 꺼꾸러지는 식으로 넘어졌다.

풀썩이는 먼지의 폭풍이 입안을 가득 메웠다.

"……"

비명이 목구멍을 통해 튀어나오는 것을 일단은 의문으로 구겨 넣자.

나름 담대한 테이머 지오 아니던가.

유니콘의 등에 난 탑승구가 힘겹게 열리며 골렘 오너가 해

쓱한 안색으로 엉금엉금 기어나왔다. 전장에서 슈팅아머에 저격당해 공황에 빠진 전차병 같은 몰골이다.

무슨 일이 있었기에?

그는 잦아드는 목소리로 지금의 사태를 설명했다.

"…운전 중량 초과라고요……."

…….

약간의 정적.

우하하하하하, 공간이 떠나가라 박장대소가 터져 나왔다.

배를 부여잡고 구르는 이도 있다.

그랬다. 골렘 오너라고 다 지오 캐릭이 아니었다.

골렘 오너마다 자신의 성취에 따른 운전 중량과 기동 시간에 차이가 있다.

그리고 팀 유니콘 골렘 오너의 운전 중량을 초과한 장갑으로 인해 지금 같은 볼썽사나운 그림을 연출하고 만 것이다.

아무리 그래도 그렇지, 망토를 펄럭이는 골렘 오너잖아?

어떻게 준비 운동만으로 기동 시간을 다 잡아먹을 수 있단 말인가.

가만, 외장갑 세트 무게가 얼마였더라?

망했다.

＊　　　＊　　　＊

아뿔싸!

모든 인간이 나와 같지 않다. 나는 인간이 아니잖은가.

나는 외계인, 아니 우주인…….

……그냥 바보다.

바보의 실수는 미소로 넘어간다. 하나 천재의 실수는 재앙으로 이어진다.

즉, 이 사태는 바보의 실수로 치고 웃고 넘어가자.

그러나 경기 시작 30분 전의 팀 유니콘은 타르타로스의 혼돈 상태다.

골렘 오너는 한쪽 구석에 망토를 뒤집어쓴 채 드러누워 있다.

메이지들은 모든 사태의 원흉이라고 여기는 눈으로 나를 지그시 보고 있다.

그 외 메카닉 맨들은 당황함이 역력하다.

"어떻게 운전 중량 22톤을 넘길 수 있죠?"

달리가 둥그런 눈을 치켜뜨며 나에게 따지듯이 몰아붙였다.

"최대한 두꺼운 장갑을 달아달라고 한 건 단장님이십니다."

"…아무리 그래도…….."

그녀 역시 아차 하는 얼굴로 변했다.

나는 시키는 대로 했다. 모두 지오 같으리라는 생각으로.

현재 유니콘의 운전 중량은 무려 29.5톤에 달하고 있다.

매서커 기준으로 30분 동안 쉬지 않고 격한 복합 동작을 수행할 중량이다.

현 E&T에 횡행하는 외장갑은 공갈성 외장갑이라 내가 조립한 속이 알찬 통잡이 외장갑이 있을 줄은 누구도 예상치 못했으리라.

실력 발휘한다고 내가 오버하긴 했다.

문제는 이 잘못을 시정할 문제의 초중량 외장갑을 덜어낼 시간이 없다.

그런 우리에게 조롱하는 어투로 리그 운영위원이 서류철을 들고 물어왔다,

"자자, 팀 유니콘 출전 준비 됐나요?"

뻔히 눈으로 확인했으면서.

달리가 운영위원에게 돌아섰다.

"…팀 유니콘 출전 포기합니다."

달리의 결단은 빨랐다.

"그러면 페널티를 받아들이는 겁니다."

"페널티요?"

"대진표가 작성된 순간에 정해진 규정 말입니다. 밀어주기 방지를 위해서 기권을 하는 팀에게 이후 3회 리그 출전 제약과 상대 팀에서 원하는 부속 세 가지를 지정해 가질 수 있도록 하는 규정 말입니다."

"……!"

기권하는 순간 껍데기 홀랑 벗겨짐이라.

이미 팀 유니콘의 변고를 듣고 대진표상의 상대 팀 멤버들이 구경 와 있다. 이 그림을 입이 벌어져라 즐기고 있다.

1차전 상대는 '팀 히포' 였다.

거점도시를 기반으로 하는 모 백작의 후원을 받고 있는 팀이었다.

"외장갑 세트!"

"마나 엔진은 필수지."

"예비로 마나 펌프도 좋지. 암."

아주 신이 났다.

달리의 둥그런 얼굴이 구겨졌다.

분명 지시는 그녀가 했다. 그리고 나는 진심으로 해냈다.

달리가 그 과정을 전부 지켜보았다.

하나 지금 기권하자니 감내하기엔 팀을 유지할 수 없는 페널티가 기다리고 있다.

참고로, 외장갑 세트의 지불 조건은 후불이다.

그 소도 잡아먹는다는 외상!

달리는 결정을 내리지 못하고 있다.

고통에 겨워 숨을 짧게 몰아쉬고 있다.

팀 유니콘의 승리 수당 분배는 골렘 오너 3, 메이지 팀 3, 메카닉 맨 3, 단장이 1을 가지는 식으로 정해져 있다.

나는 크게 숨을 집어삼켰다.

"운영위원님?!"

"네."

"팀 유니콘 출전합니다."

"어?!"

운영위원의 눈이 의문으로 가득 찼고, 달리 역시 무슨 소리냐는 매서운 눈으로 나를 향했다.

"대신 골렘 오너 교체를 신청합니다. 가능하지요?"

"아, 물론 가능합니다. 단."

"단?"

"이미 제출된 멤버 안에서 교체할 수 있습니다. 외부에서 새로운 조력을 불러올 수 없다는 거죠."

규정을 읊조리는 운영위원의 입꼬리가 얄밉게 늘어났다.

"물론입니다. 등록된 팀 유니콘의 멤버 안에서 강철거인에 탑승할 겁니다."

“그럼 누구를?”

물어오며 그는 저 구석에 쓰러진 골렘 오너와 예비 골렘 오너 둘을 쳐다보았다.

그들도 내 이야기를 귀를 세우고 듣고 있었는지 내가 덤터기를 자신들에게 씌우려는 게 아닌가 하며 앗 뜨거 식으로 외면했다.

그런 그들 대신 나는 나를 손가락으로 가리켰다.

“…….”

“푸하하하하하—!!”

아주 격한 폭소가 공간을 뒤덮었다.

운영위원 역시 웃느라 눈에 눈물이 매달렸다.

“죄송, 죄송. 실례했습니다. 물론 못할 게 없죠.”

달리가 다급하게 나의 선수 교체에 이의를 제기하며 나섰다.

“잠깐—!!”

나는 손바닥을 펼쳐 달리를 막았다.

“이후에 벌어지는 일에 대해 전적으로 내가 책임질 테니 여기서 이 소동을 마무리합시다.”

“그렇지만… 어떻게… 마음대로 골렘 오너 교체를?!”

“그럼 누가 있나요?”

“그래도…….”

"나에겐 메카닉 맨으로서 정비 기동 시간이 있습니다."

"에?! 그런……. 어떻게 고작 그걸 가지고?"

발끈하는 달리였다.

역시 반대 의사를 굳히지 않을 의지 깃든 눈이 내 눈을 압박해 왔다. 결정타를 날려야 했다.

나 자신이 꽤나 진지하고 뜨거운 열정이 깃들었다고 착각하며 의심으로 뭉친 달리와 눈을 마주했다.

아, 정말 도톰한 볼이다.

갑자기 돌변한 나의 기세에 달리는 볼을 감싸며 주춤 반걸음 물러났다.

"오빠 믿지?!"

"헤엑—?!"

달리의 입이 금붕어처럼 뻐끔거렸다.

"오빠가 알아서 할게."

"말도 안 돼. 이건 아냐. 그리고 언제부터……."

말이 안 되긴 안 되지. 하나 어쩔 것인가.

나는 급히 달리의 다음 말을 손가락을 짚어 막았다.

달리의 둥그런 눈은 '유아 파이아—!' 를 외치고 있다.

하나 지금의 그림은 아주 친근한 오누이 같은 모습이라.

믿음직하고 진중한 어투로 의연하게 말했다.

"오빠만 믿어!"

신파조 대사답게 팔뚝에 소름이 오돌오돌 돋았다.

나는 꽤 뻔뻔하게 고개를 치켜들며 유니콘을 담았다. 선장과 침몰하는 배를 바라보는 선원의 비장한 심정으로.

연기 좋고!

그때였다.

우와아아아아아아아—!!

폐허 밖, 무수한 유저들이 외치는 함성이 거대하게 울렸다.

리그 개회를 선언했음이라.

이제 되돌릴 수 없다.

아니나 다를까.

"그럼 이것으로 선수 등록 마쳤습니다. 팀 유니콘에 특대의 행운이 함께하길."

리그 운영위원이 고개를 절레절레 흔들며 돌아섰다.

그제야,

"꼬르륵—"

기어이 어이를 상실해 모로 쓰러지는 달리였다.

그 오빠 네 번이면 사람도 죽이겠네.

＊　　＊　　＊

갑작스러운 오버는 무슨 짓이냐고?

내가 누구인가? 지오다. 이기적인.

이러나저러나 파산적인 타격과 팀의 붕괴는 피할 길 없다.

체조 같은 동작으로 결투에서 최소의 피해를 보는 수밖에.

내가 장장 이틀에 걸쳐 조립한 장갑을 내 손으로 부수겠다는데 어쩔 것이랴.

나는 달리나 다른 멤버들은 신경 쓰지 않는다.

팀 유니콘이 해체되는 것이 나에게 무슨 의미인가.

게다가 성추행 유저로 찍혔다.

그거다. 쇠못 하나라도 나에게 남는 게 있어야지.

메카닉 맨으로서 어떻게 외장갑이 부숴져 나가는지 몸소 체험이라도 해야겠다.

그 체험이 내게 남는 것이다.

오직 남는 건 경험과 기억뿐!

최소의 경험을 나를 위해 부여하고 싶을 뿐이다.

그거다, 자발적 충돌 시험 같은 거다.

오빠 믿기는, 개뿔!

다 훼이크야—.

두 여동생에게 단련된 오빠의 얼렁뚱땅 구라 스킬이랄까.

나는 내가 제일 소중하다.

너도 그렇다.

……인간 더미 출격이요—!

Act 06
메카닉 풍운

機甲戰記
Massacre
기갑전기 매서커

캉—! 스르르르룽!

쇠와 쇠가 격돌하는 날카로운 소리가 귓속을 후비듯이 파고들었다. 무식한 난타전이 눈앞에 펼쳐지고 있다.

지정된 대기 장소에 유니콘의 두 다리를 살짝 벌리고 선 자세로 자리 잡고 섰다.

일명 배틀 스탠스다.

하나 메카닉 맨에게 허용된 강철거인의 기동은 무기를 드는 것을 용납하지 않았다. 당당한 자세가 허무하게 느껴지는 빈손이었다.

점점 출전 시간은 다가오고, 팀 유니콘의 각 멤버들은 뿔뿔이 흩어져 서로를 외면하고 있다.

달리는 멍한 눈으로 경기장 대신 주기장으로 사용하던 유니콘이 있던 공간을 바라보고 있다. 새로운 출발의 기쁨을 주었던 유니콘이 쓰러지는 모습을 차마 볼 수 없다는 듯이.

절대 오빠 크리 삼연타에 무너진 게 아니다.

여하튼 출전을 목전에 두고 있는 팀치곤 세상 다 끝난 분위기다.

아씨, 오빠 좀 믿어보라니까!

그 반면, 밖에서 들리는 함성과 야유는 너무도 열광적이다.

다섯 번의 결투가 이루어졌다.

매 결투가 관객들을 만족시킨 모양이다.

경기장은 유저들로 가득 차 있다.

넘어진 기둥을 일으켜 세워 기둥 사이에 나무판자를 이어 붙인 조잡한 관람석이지만 그 불편함은 경기가 시작되자마자 묻혀 버렸다.

그렇게 무려 5만이 넘는 유저들이 강철거인의 겨룸을 지켜보고 있었다.

누군가 부서지고 쓰러지는 건 고금을 통틀어 변함없는 유흥거리인가 보다. 가상에서조차.

여섯 번째 결투가 이루어지고 있고, 그다음이 일곱 번째인 팀 유니콘 차례다.

눈앞 일반석 사이에 세련된 석조 장식과 화려한 차양으로 돋보이는 관람석이 들어왔다.

이 VIP석은 양 중앙에 마련되어 있다.

차후 양대 리그로 발전될 것을 염두에 둔 배치라 했다.

이 VIP석에 자리한 유저들의 면면이 이채롭다.

E&T에서 고귀함과 부유함을 동시에 갖춘 자들의 집합이었다.

색색 중절모와 턱시도에 나비넥타이를 맨 신사들과 야외용 베일이 흘러내리는 화려한 모자를 쓰고 한껏 멋을 낸 드레스 차림의 숙녀들이 보였다.

이들은 함성 대신 복잡한 계산이 깃든 시선을 주고받고 있다.

그런 이들 사이를 경쾌한 발걸음을 놀리며 오가는 이들이 있다.

나비넥타이를 한 행사 고용인들이었다.

쟁반 위에 와인 잔과 우아한 찻잔이 올려져 있고 잔 아래 메모가 이들을 통해 이리저리 건네지고 있었다.

메모가 건네지고 잔을 들어 반대편에 위치한 이에게 어디 결과가 어떻게 나오는지 지켜보자는 의미가 담긴 미소를 날렸다.

바로 저곳이었다. 암흑 리그가 있는 곳이.

오가는 메모가 모이면 암흑 리그가 되는 것이었다.

암흑의 리그, 이름은 거창한데 이렇게 공개된 장소에서 벌어지는 토너먼트 식 리그에 암흑이라는 단어를 붙이는 건 어울리지 않다.

명목상 골렘 오너들의 기량을 겨루는 건전한 축제로 시작되었지만 불법베팅 거래가 깔려 있다면 이야기는 달라진다.

하나 경기장 그 어디에도 불법 베팅을 주선하는 창구도 브로커도 보이지 않았다.

게다가 E&T에서 좀처럼 보기 힘든 GM들이 군대 MP처럼 GM 완장을 달고 오락가락하고 있다.

여기서 E&T는 승패에 거는 베팅은 이유 여하를 막론하고 원칙적으로 불법이다.

물론 유저 커뮤니티에서는 어떤 이슈에 베팅이 공공연하게 이루어지긴 한다. 그런 단발성 이벤트는 그저 일회성 이벤트로 눈감고 넘어간다.

하나 지속적이면서 영속적으로 이루어지면 사회적 파장을 고려해 철저히 단속하고 있다. 가상에서나 현실에서나 안팎으로.

그렇기에 서로 아는 사람끼리 모여 베팅하는 부류가 생겨났다.

일명 눈앞의 '끼리끼리족'이다.

이 분류 가운데 가상의 특권층이 되거나 편입되었다.

내가 지금 주시하고 있는 신사 숙녀 무리다.

뜬금없지만 미국 역사에서 금주법의 시행은 전국적으로 갱단이 조직되고 성장하는 계기가 되었다. 케네디가 같은 가문이 이 갱단을 주무르며 명문가로 변모한 것과 같은 이치랄까.

그 특권층이 개입한 이벤트가 지금 벌어지고 있는 강철 리그인 것이다.

말이 나온 김에 가상 특권층의 역사는 길다.

현실에서 이루지 못한 허영의 공간으로 폄하하지만 가상에서만큼은 이들의 입김은 절대적이다.

오랜 시간 가상공간을 누비며 이루어진 인맥과 금맥, 그들만이 공유하는 고급 정보가 더해져 이들의 지위를 공고히 구축하기에 이른다.

그 어떤 가상 게임이 새로 선보여도 유저 사회의 피라미드 정점을 반드시 차지하는 한 줌 안 되는 무리가 바로 그들이다.

그렇다. 암흑 리그는 그 베팅이 이루어지는 그들만의 리그!

일반 유저들이 심심풀이 동호회 식으로 이루고 있던 베팅이 영속적으로 변하는 순간 특권층의 입김이 개입되어 혹 날려 버린다.

이 특권층은 가상의 갱이라.

지극히 폐쇄적이라 신참을 받아들이는 데 인색하다.

미요가 아무리 발버둥 쳐도 사교계의 벽을 넘을 수 없는 이유이기도 하다.

그 특권층이 파편 전쟁에서 재미를 보지 못하자 강철거인 리그를 출범시키며 후원하고 나선 것이다.

시선을 돌려야 했다.

꽈릉— 빠싱!

빛이 산란하는 스킬 이펙트가 있었고, 두 기의 강철거인이 주고받는 검격이 순식간에 마무리되었다.

옷, 골렘 오너 가운에 독자 스킬을 가진 유저가 있었다.

역시 만만한 유저 세계가 아니다.

한 기의 강철거인이 복부 장갑이 부서진 채 하늘을 향해 대자로 뻗어 있고, 스킬을 터뜨린 문제의 강철거인이 다가가 조종석에 단호하게 검을 구겨 넣었다.

꽈직—!!

육체로 이루어진 뭔가가 짓이겨지며 내는 소리가 섬뜩하다.

이에에에에에에에—!!

유저들은 모자와 갖가지 집기를 흔들며 환호를 보냈다.

신사 숙녀들이 있는 VIP석의 반응은 냉정하다.

마치 결과를 이미 알고 있었다는 듯이.

그리고 이제 내 차례다.

나의 유니콘은 세련된 진청색 도장에 하마 마크, 포크와 나이프가 장난스럽게 그려진 방패를 들고 있는 강철거인과 마주했다. 거리는 30미터.

무려 머리 하나가 큰 나이트 급이다.

나이트 급이라니? 뭔가 이상하다.

분명 솔저 급이었잖은가?

아차차, 우리 쪽에서 변경 카드을 발동하면 상대 역시 변경할 수 있었다.

"오늘의 일곱 번째 경기! 백 코너, 팀 유니콘. 이에 상대는 흑 코너, 팀 히포입니다."

조금 전 출전 등록을 점검하던 운영위원이다. 장내 소개 아나운서 역할도 겸하고 있었다.

목청이 터져라 고함을 지르지 않았지만 장내에 들어찬 유저들 귀에 바로 꽂혔다. 사운드 블러스터 마법이었다.

우워어어어어어—!!

환영의 함성이 울려 퍼졌다.

"팀 유니콘의 골렘 오너는… 골렘 오너에 다급한 문제가 발생해 팀의 메카닉 치프가 강철거인 유니콘을 기동하고 있습니다."

……?

약간의 의문을 챙기는 침묵이 있었다. 하나 곧,

우우우우우우우―!

집어치워라―!

장난하냐?!

설명이 끝나기가 무섭게 야유가 내게, 아니, 유니콘에게 쏟아졌다.

내가, 아니, 팀 유니콘이 갓 출범한 리그의 격을 떨어뜨렸다 여김이라.

"아, 특이한 이력의 소유자군요. 필히 참고하시길 바랍니다. 바미안 출신에 전 E&T 여성 유저에게 요주의 인물로 통보된 이력이 있습니다."

…….

뭐야? 아니, 그런 정보까지 공개해도 되는 거야?!

우우우우우우우우우―!!

관중들은 일제히 중지를 세우며 야유와 더불어 온갖 쓰레기를 유니콘을 향해 던졌다.

변태 자식, 뒈져 버려라―!

꺼져라!

혐오의 도가니라.

결투장의 고양된 분위기가 아니라 공개 재판장의 분위기로 화했다.

사회자는 손을 들어 군중들을 자제시켰다.

그의 손이 상대 강철거인을 향하자 군중들이 그제야 진정되었다.

"팀 히포의 골렘 오너 역시 경기 직전 골렘 오너의 긴급 교체가 있었습니다. 하나 이는 팀 유니콘과는 질적으로 다른 교체!"

…….

"바로 유적 지대 전장에서 용자 타이틀을 획득하고 돌아온, 팀 히포의 히든 루키, 하나 이곳 자유도시의 자랑이기도 한 수.호.기.사. 우노우노입니다."

이에에에에에에에―!!

환영의 함성이 열광적이었다.

제, 젠장! 자유도시의 수호기사와 맞닥뜨리다니.

자유도시의 수호기사는 바로 자유도시 최상층을 드나들 수 있는 자격을 취득한 하이엔드 유저다.

그리고 우노우노는 내가 처음 E&T에 발을 디뎠을 때부터 명성이 쟁쟁한 유저다. 그가 올린 자유도시 던전 공략기는 나 역시 참고했을 정도다.

지금도 가끔 들어가 본다.

그에게 슬럼프가 있었다. PART2 시작과 함께.

강철거인이 등장하고부터 그의 활동은 유저들의 눈을 끌지 못했다. 그는 골렘 오너가 되려는 노력을 기울이지 않아 잊혀 가고 있었다.

나름 밀리터리 격수로서의 자존심이었으리라.

그가 올린 최근 심경을 읽고 동감하기도 했다.

여하튼 나름 고고한 그를 자극한 것은 다름 아닌 박람회장을 휘저은 동신 팬텀이었다.

동신 팬텀의 영상이 유저들 사이에 선풍적인 인기를 끌며 그의 웅심을 자극했다고 한다.

우노우노는 동신 팬텀을 E&T에서 제일 존경하는 유저라 공공연하게 밝히고 다닐 정도.

최근 그는 최단기로 골렘 오너 타이틀을 획득했다. 그리곤 바로 유적 지대로 떠났다. 하나 유적 지대의 기계용이 동신 팬텀에게 처단되어 허무하게 돌아와야 했다.

그리고 지금 내 눈앞에 있다.

내가 우노우노에 대해 꿰고 있는 이유는 하나다.

그가 골렘 오너가 되는 과정에 획득한 것이 있었으니 바로 나이트 급 강철거인이었다.

던전 부품 조립체가 아닌 완전체다.

그 나름 각고의 노력으로 급이 높은 던전을 정복한 것이리
라.

자유도시의 시선이 다시 그에게 쏠리기 충분한 사건이었다.

아무튼 내가 기억하는 동영상상의 우노우노는 분명 하이
엔드를 넘어서 '도달자' 영역에 들어선 유저였다.

눈앞에 머리 하나가 큰 체구에 어깨가 떡 벌어진 진청색 강
철거인이 나를 내려다보고 있다. 폭 넓은 검 하나와 솔저 골
렘이 과연 들 수 있을까 싶은 상체를 가리는 둥근 방패를 들
고 배틀 스탠스를 잡고 있다.

투구 속 검은 공백에서 두 개의 푸른빛이 가늘게 새어 나왔
다. 먹이를 노리는 맹금의 기세가 담겨 있다.

가만 서 있어도 코피 터지는 테이머 지오 신세라.

테이머 지오의 악운은 과연 어디까지인가?

*　　*　　*

우노우노의 등장에 열광하는 관중들의 뜨거운 함성은 그
칠 줄을 몰랐다.

자유도시가 배출한 영웅에 대한 애정이 느껴졌다.

그 반면 나는 영웅의 응징을 받아 마땅한 악당이라 이거다.

환호의 여운이 잦아들자 그는 폭 넓은 검을 가슴에 수직으로 당겨 붙이는 동작으로 예를 취했다.

처억—!!

빈손인 유니콘이 할 수 있는 예는 어정쩡하게 고개를 까닥이는 정도.

우하하하하하—!

비웃음이 폭포수처럼 파고들었다.

도저히 마음을 가라앉힐 수 없다. 강철거인 속에 있지만 발가벗겨져 거리에 돌림을 당하는 느낌.

그때, 관중석에서 누군가 연호를 시작했다.

우노우노!

우노우노! 우노우노!

우노우노! 우노우노! 우노우노! 우노우노!

그렇게 한 팔을 박자에 맞추어 흔들며 우노우노를 연호하는 함성이 경기장을 가득 메웠다.

그러자 진청색 강철거인 어깨 위로 망토를 펄럭이는 미남자가 나타났다.

…….

정적이 흘렀다.

그는 VIP석의 한 지점을 향했다. 개인 차양에 발이 드리워진 상석의 한 자리였다.

VVIP의 전용 공간이었다.

마법으로 구현된 발이 드리워진 그 안에 누가 있는지는 알 수 없다. 그저 가는 윤곽만으로 그것이 여인의 것임을 짐작할 따름이다.

묘한 신비감이 흐르고 있음은 부인할 수 없다.

"사랑과 정열을 그대에게—!"

우노우노는 그 발이 드리워진 상석을 향해 멋들어진 모자를 들어 허리까지 대각선으로 쓸어내리는 동작을 취했다. 레이디에 대한 예였다.

발 안 묘령의 인물과는 서로 아는 사이인가 보다.

여하튼 나 이상으로 낯두꺼운 멘트를 날릴 줄 아는 자가 있다니…….

한데 관중들의 반응이었다.

이에에에에에에, 경기장이 떠나가라 함성을 지르며 응원하는 것이다.

그러자 우노우노의 몸에 옅은 하늘빛 서광이 어렸다.

오, 말로만 듣던 레이디 버프였다.

신기해하고 있을 때가 아니다. 짜랑—!!

그는 우리가 키우는 영웅—!

자유도시 구성원들의 응원이 우노우노에게 전해졌습니다.

푸른빛의 날개가 우오우노를 보호해 감싸는 식으로 생겨났다.

빛의 날개는 펼쳐지지 않았지만 분명 집단이 발하는 가호였다.

너무하는 거 아냐?!

영웅은 영웅답게, 악당은 악당답게 영웅에게 심판 받아라 이건가.

빛의 날개는 그가 승승장구할수록 크고 넓게 펼쳐지리라.

우노우노는 뿌듯한 미소를 그리며 돌아섰다.

조종석의 나와 눈이 마주쳤다. 조롱도 아닌 더 기분 나쁜 따분하고 귀찮은 존재를 보는 눈이었다.

그렇게 우노우노는 강철거인 속으로 미끄러지듯 스며들었다.

진청색 강철거인을 따라 청색 윤곽이 더욱 선명해졌다.

"그럼 두 팀에 행운을 기원하며 결투를 개시합니다—!"

일방적인 경기 개시 선언이 있었다.

하아, 어찌하리오.

오늘 나는 노틀담의 꽈지모도다.

아니, 곱등이려나.

*   *   *

궁궁궁궁― 상대의 튼튼한 마나 엔진음이 조종석 안까지 파고들었다.

일방적인 조롱과 조소가 쏟아져도 냉정, 냉정. 내가 모든 지오 캐릭의 발판이 되어주었잖아.

넌 테이머 지오다. 바미안의 일꾼.

나는 너를, 나인 너를 믿어!

그렇게 나에게 주문을 걸었다.

숨을 가다듬고 다리를 벌린 배틀 스탠스 자세를 유지했다.

이길 생각은 애초에 없다. 상대는 밀리터리 하이엔드에 이단 콤보 버퍼까지 받아들였다.

그저 짐작과 달리 도달자에 도달하지 못했음만 확인했다.

단지 져도 팔이 날아가고 머리도 부서지고 복부도 갈리는 경험을 해야 한다는 생각뿐이다.

단칼에 죽어서야 외장갑의 성능을 어떻게 가늠한단 말인가.

우오우노의 진청색 강철거인이 반응했다.

투웅, 팔에 드리워진 둥근 방패가 팔뚝 걸이에서 떨어졌다.

처억, 진청색 강철거인이 폭 넓은 검을 두 손에 잡고 오른

쪽 어깨에 걸치는 자세를 취했다. 팔상세였다.

검끝이 햇빛을 받아 빛을 뿌렸다.

상대는 그렇게 검과 완벽하게 하나가 되었다.

투하앗, 청색 거체가 발끝으로 지면을 박차며 달려나왔다.

공간 단축이 놀랍다.

단 세 걸음 만에 거리는 좁혀지고, 검의 궤적이 머리 위에서 내리꽂혀 왔다.

<u>보오오오오오오오옥ㅡ!</u>

공간이 수직으로 갈리며 비명을 질러댔다.

단 일격에 베어버릴 심산이라.

혼신이 담긴 일격이기에 선이 정직했다.

힘을 힘으로 대응할 수 없다. 투구 끝에 상대의 검이 걸렸다.

아니, 그렇게 짐작됐다.

나는 나에게 집중했다.

관중들의 함성과 야유가 발하는 소리를 지웠다.

상대 강철거인의 본체를 감싸고 흐르는 버퍼가 발하는 윤곽의 팽창에서 과장을 지웠다.

마음속 깊이 설마 하는 요행을 기대하는 마음을 지웠다.

차례차례 나를 지워 나갔다.

나와 적의 실체가 드러났다.

공간이 갈리는 파장이 느껴졌다.

고개를 틀었다. 동시에 우로 당겨 섰다. 모두 한 동작에 담았다.

투구 끝에 땅을 미는 힘이 도달했다.

처척, 검면과 검면이 붙는 소리가 났다.

유니콘의 돌출한 투구 장식이 상대의 검면을 살짝 밀어냈다.

그 힘은 없는 것과 같다.

우노우노의 일격은 투구 장식에 밀려 유니콘의 어깨에 떨어졌다.

어깨에서 불꽃이 튀었다.

시큰한 어깨 타격을 참으며 발을 밀었다.

우노우노의 검에 실린 힘을 보태 주르륵 지면을 지치듯이 물러났다.

거리를 벌렸다.

유저 같으면 어깨가 잘려 나가 전투 불능에 들 타격이리라.

강철거인이기에 어깨 장갑에 깊이 파이는 정도로 그쳤다.

우노우노의 반응은 침착했다. 검을 돌려 회수하더니 거리를 좁히며 머리 위로 들어 올렸다. 조천세다.

그는 한 발을 크게 디디며 다시 한 번 수직으로 내리그었
다.

이번 역시 정직한 궤적으로 검끝이 이마 정중앙을 향해 떨
어지고 있다.

보오오오오오옥, 대기를 가르는 파공음이 무시무시하다.

하나 나 자신의 감각을 믿으며 이번에도 투구 장식으로 상
대의 검면을 쳤다.

차작, 자석이 붙는 소리를 내며 틀어진 검의 궤적이 어깨를
파고들었다.

충격을 반동 삼아 유니콘을 물렸다.

주르르르륵 땅을 끌며 밀려났다. 비틀거리며 배틀 스탠스
를 잡았다.

따라붙는 청색 강철거인의 움직임은 군더더기가 없다.

우노우노의 투구 위로 치켜 든 검끝에 햇빛이 걸렸다.

다시금 이마 정중앙으로 떨어지는 빛의 궤적!

우직한 오기가 담겨 있다.

이것은 기회!

발끝을 살짝 들어 올렸다.

처억, 검면과 검면이 자석처럼 붙으며 상대의 검을 쳐올리
듯이 들어 올렸다.

상대의 검을 쥔 두 손이 활짝 열리며 가슴 안쪽이 고스란히

드러났다.

그대로 90도 각도로 인사하듯이 투구로 찍어눌렀다.

투구 장식 끝이 상대의 가슴 장갑과 접촉하며 샛노란 불꽃이 튀었다.

하나 이 역시 한 동작, 30분의 1 호흡 상태로 해냈다.

투구 끝이 장갑을 파고들며 빈 공간을 가볍게 통과하는 것이 느껴졌다. 이후 부드러운 무언가와 접촉했다.

투구 장식 끝을 타고 진저리치는 잔떨림이 전해져 왔다.

"허헉—!"

세 번의 검격을 견디며 참았던 숨을 그제야 토해냈다.

붉게 타오르던 뇌 속이 백색으로 환해졌다.

> 자유도시의 수호기사를 정당한 겨룸에서 이겼습니다.

> ……

무어라 무어라 메시지가 우르르 올라왔다.

하나 내 신경은 오직 정비 기동 시간의 종료점을 계산하고 있을 뿐이다. 관중들의 반응도 의미없다.

메카닉 맨에게 골렘 오너 자격을 부여할지 논의하겠다는 메시지가 지나갔다.

　부여하든 말든 나는 두 팔로 밀며 유니콘의 뿔을 청색 강철
거인의 가슴 정중앙에서 뽑아냈다.

　투구 끝 장식에 청색 빛의 입자가 흩어지는 잔상이 걸려 있
다.

　피가 뚝뚝 묻어 나오는 줄 알았다.

　…….

　상대의 장갑이 보기와 달리 얇았다. 공간 장갑이라 칭하는
공갈 장갑!

　유니콘으로 정지한 진청색 강철거인의 양어깨를 받치고
뒷걸음으로 경기장에서 물러났다. 두 줄의 밭고랑이 깊이 파
였다.

　우노우노에게 유감은 없다. 그저 주는 건 챙기는 것이 E&T
지고의 미덕 아니던가.

　그가 뿌린 검격을 생각해 보라.

　일고의 의심도 없는 궤적이었다.

　만약 그가 어중간한 골렘 오너였다면 결과는 또 달라졌으
리라.

여하튼 솔저 급 유니콘으로 나이트급 강철거인을 노획했
다는 사실은 변할수 없는 사실이 되었다.

사위가 지금까지 조용하다.

기분 좋은 침묵이라.

흥! 꽈지모도여, 노틀담의 종을 울려라—!

*   *   *

팀 유니콘의 멤버들이 유니콘을 따라 입이 벌어진 상태로
따라왔다.

메카닉 맨들은 눈물을 훔치고 있다.

"역시 우리의 메카닉 치프야—!"

메이지들 역시 서로 손뼉을 마주치며 기뻐했다.

"나이트 급 강철거인을 손에 넣다니."

한데 달리가 보이지 않았다.

등을 진 자세에서 돌아보니 달리는 빈 주기장을 지금까지

바라보고 있다.

지금까지 경기장에서 벌어진 일을 보지 않은 것이다.

"어이, 거기! 눈 땡그리! 좀 비키지!"

"……."

달리는 그제야 고개를 돌려 유니콘을 올려보았다.

울었는지 댕그란 눈이 퉁퉁 부어 있다.

자신의 의욕 과잉을 탓하고 있었음이라.

가엾게도.

순간 달리의 얼굴이 굳었다.

나름 멀쩡한(?) 유니콘을 이제야 본 것이다.

"……?"

달리의 퉁퉁 부은 눈이 점점 커져 갔다.

"……!!"

경기장의 넘친 야유를 통해 유니콘의 처참한 최후를 예상하고 있었으리라.

한데 멀쩡한데다 더 멀쩡해 보이는 나이트 급 강철거인을 내가 끌고 나타났으니 더욱 벙 찐 얼굴로 변했다.

"…어떻게……."

"그야 이겨서 땄지."

옆구리에 난 비상 탈출구로 고개만 내밀고 대답했다.

"상대가 수호기사… 우노우노였는데……."

"다 듣고 있었네."

"음……."

"이 오라버니께서 뿔 한 방에 보내 버렸지. 케케케."

"에?"

"자, 팀 유니콘. 다음 대전을 준비하자고. 시간이 촉박하잖아."

"……."

대답없이 땡그란 두 눈으로 유니콘과 청색 강철거인을 오락가락 살필 따름이었다.

믿기지 않음이라.

나는 유니콘을 주기장에 한쪽 무릎을 꿇은 정비 자세로 자리 잡게 하고 내려왔다.

그 옆에 진청색 강철거인이 쑥스럽게 서 있다. 트로피같이.

영문을 몰라 멍한 얼굴인 달리 옆을 지나며 조용히 그녀만 들을 수 있도록 말했다.

"오빠가 있다."

機甲戰記
Massacre
기갑전기 매서커

등 뒤 경기장으로 연결된 문을 통해 다음 경기가 이어지고 있지만 경기 초반에 보여주었던 광적인 열광의 기운은 흐르지 않고 있다.

자신들의 응원이 저주로 화해 우노우노에게 영향을 준 것이 아닌지 고민하고 있을지도.

누군가의 응원은 저주일 수 있고, 저주는 축복일 수도 있는 게 E&T 세계니까. 꼭 청개구리 같이 반응하는 E&T잖아.

여하튼 승리의 여운을 좀처럼 가라앉히지 못하고 있다.

숨을 고르며 허파에 가득 찬 흥분의 여운을 몰아냈다.

유니콘을 살폈다.

내가 봐도 신기하다. 검이 훑고 지나간 자리에 두 번째 검격이 훑고 지나가며 깊은 상처를 파놓았다.

하나 이는 꼭 전투기 격추를 의미하는 작대기를 그려놓은 마크같이 보였다.

이 모든 것을 해낸 유니콘의 투구 장식은 놀랍게도 멀쩡하다.

여하튼 지금 나에 대한 처우를 놓고 E&T 인공지능의 심사가 복잡한가 보다.

메시지창 가운데 공란이 너무 많다.

메카닉 맨의 '헛둘헛둘' 정비 기동으로 골렘 오너를 이겨 버렸으니.

영화 시작과 동시에 영웅다운 주인공을 가당치도 않은 조연이 죽여 버리면 그 영화를 끝까지 볼 관객이 있을까?

그런 거다.

이런 경우 히든 클래스를 던져주며 무마하는 것이 일반적인 E&T식 마무리 방식일진대 너무 뜸을 들인다.

그렇게 보상을 기대하며 한껏 고무되어 가는데 우르르 몰려드는 인기척이 부산스럽다.

돌아보니 팀 히포의 단장과 메이지 치프, 메카닉 치프와 안면없는 들러리들이었다. 우노우노는 보이지 않았다.

"긴말하지 않겠습니다. 골렘을 구매하고 싶습니다."

부유한 상인 차림의, 턱이 하마같이 둥글둥글한 팀 히포의 단장이었다. 그는 자유도시의 유력한 상인 중 한 명이다.

도저히 잊을 수 없는 얼굴이 상인인 그가 가진 가장 큰 밑천이리라.

"노획된 무기는 영광의 증표로 그쪽에 넘기겠습니다."

그러며 원형 방패에 그려진 히포 마크와 비석처럼 세워진 거검을 쓰린 눈으로 바라보았다.

"단장하고 의논하시구려."

나는 퉁명하게 대답했다. 내가 노획했지만 고용인은 고용인이니 협상은 단장인 달리에게 맡겼다.

이제 그녀의 역량을 살필 차례인가.

게다가 내가 괜히 나서면 갈등만 키울 수 있다. 나에겐 트러블을 일으키는 기운이 충만하잖은가.

달리가 우물쭈물하며 다가왔다.

"오늘부로 테이머 지오님을 팀 유니콘의 공동 경영자로 지명했어요. 알아서 하세요. 그럼."

"…에?"

달리는 풀 죽은 목소리로 말하며 방패 작업 현장으로 돌아가 버렸다.

이봐! 누구 마음대로 지명하는 거야?

"자, 그렇다는군요. 지오님의 대답은?"

상인답게 팀 히포의 단장은 내가 당황한 틈을 파고들었다.

"허, 거참."

강철거인 한 기라도 아쉬운 E&T다.

게다가 내가 노획한 강철거인은 상처가 없는 것이나 마찬가지.

"죄송하지만, 팀 유니콘의 예비 기체로 이용해야 할 것 같습니다. 이번 한 번은 운이 좋았지만 다음번 역시 통하리란 법은 없으니까요."

"끄응."

부유한 팀 히포엔 예비 기체가 무려 두 기나 있는 것으로 알고 있다. 솔저 급으로.

하나 눈앞에 멀쩡하게 서 있는 나이트 급 강철거인만 하랴.

단장은 부랴부랴 메모장에 필기를 시작했다.

내가 영웅 이미지를 고려해 공식적인 자리에선 결정 못하리라 생각하나 보다.

헤헤, 너무 잘 하는데.

팀 히포 무리 중 누군가 툭 치고 들어왔다,

"형제여, 죄는 미워해도 사람은 미워하지 말라 했소. 우리와 약간의 신경전이 있었던 것을 이런 식으로 보복하는 것은 올바른 교양인의 자세가 아닌 줄 아오."

우잉? 웬 전도사 삘 설교를?!

그는 입술 두꺼운 팀 히포의 메카닉 치프였다. 유니콘의 장갑을 교체하는 틈틈이 신경을 거슬리는 소리를 해대며 다녔다.

떡 장갑이네, 솜 장갑이네.

더 나아가 달리에게 속고 있는 것이라 이간질도 시도한 인물이다.

중량을 감당 못하는 사태엔 보란 듯이 배를 잡고 뒹굴었었다.

특히 같은 메카닉 맨 클래스라며 멜빵바지만 보면 형제를 남발했다. 단장인 달리에게까지.

"형제여, 어찌 그대의 말은 '죄는 숨기고 사람은 미워하라'고 들리는구려. 다행히 내가 그리 교양인은 되지 못하는 것 같으니 듣지 않은 것으로 하겠소."

"형제여, 아니, 그러지 말고… 그간의 정을 봐서……."

정이라니?!

대책없이 가져다 붙이기는. 좋아, 그렇다면…….

"형제여, 나는 그대를 옛적에 용서했소. 단지 형제의 아무렇게나 떠벌이는 주둥이는 도저히 용서할 수가 없구려."

"…형제여……."

"그 형제 타령을 한 번만 더 듣는 일이 생긴다면 그간 주둥

이 터진 대로 읊은 말들을 여기 계신 부유한 상인께서 듣게
될 것이오."

"히끅⋯⋯."

"여기 계신 부유한 상인께서는 주둥이 가격도 쳐줄 만큼
현명해 보이는 구려."

"⋯⋯."

그는 이미 눈꼬리가 올라간 단장의 눈치를 살피며 뻐금거
렸다.

팀 히포의 메카닉 치프는 단장의 눈짓에 메이지 치프에 의
해 끌려갔다.

내가 달리 인간을 미워하지 않는다. 단지 신체 일부만 약간
싫어할 뿐이다.

팀 히포 단장의 한숨이 깊다.

"⋯그만 싸돌아다니고 입 조심하라 그렇게 이야기했는
데⋯⋯. 이거 받으시구려. 생각있으면 이야기합시다. 그럼."

그는 매달리지 않았다. 대신 강철거인의 가격이 적힌 메모
장을 넘기고 들러리들을 데리고 총총히 사라졌다.

호오, 가격이 그리 나쁘지 않다.

이틀 안에 결정하면 플러스알파로 정비 장구류 일체와 솔
저 급 강철거인 외장갑 한 벌까지 얹어주시겠단다.

그렇게 쿨하게 돌아섰지만 흔들리는 눈동자에선 왠지 쫓

기는 느낌이 담겨 있다.

　수호기사 우노우노와 나이트급 강철거인이 팀 히포에 합류 시에는 나름의 거래 조건이 있었으리라.

　여하튼 내 알 바 아니다.

　이제부터 심력이 소모되는 진정한 전투 시간!

　감히 누구 마음대로 나를 공동 경영자로 앉혀?

　내 쪽으로 귀를 쫑긋 세우고 있는 달리에게 쪽지를 토스했다. 안 그래도 둥근 눈이 더 둥그렇게 변하는 달리였다.

　"우와! 숫자 뒤에 붙은 공이 몇 개야?"

　첫 만남 시 뜻하지 않은 사건(?)으로 달리와 업무 외적인 이야기를 할 형편이 아니었다.

　왜 아니 그럴까?

　내 쪽에서 3m 내로 접근하면 튕겨 나간다.

　그 덕에 이틀 밤을 새우며 같이 있었지만 그녀가 유니콘 팀을 꾸려 무엇을 하려는지 듣지 못했다.

　붕괴된 유니콘 길드의 복구는 아니었다. 멤버들 가운데 그 길드 출신자가 하나도 없기에.

　전부 길드 붕괴 후 하나둘 끌어 모은 멤버였다.

　하나 그녀를 따르는 멤버들의 달리에 대한 신뢰를 읽지 못할 정도는 아니다.

　그 신뢰는 명확한 공동 목표를 공유한 그런 의미가 담겨 있는 신뢰였다.

기력을 소진해 뻗어버린 까다롭고 거만한 골렘 오너조차 그녀에게 미안해하며 깍듯하게 대했다.

내 주위에 절대 정상적인 인물이 낄 수 없다는 법칙에 따라 그녀 나름의 특이한 이야기가 있으리라.

하나 제일 중요한 것은 뭐니뭐니 해도 고용주의 재정 상태가 아니던가.

그렇다. 달리는 일명 '개털' 이다.

물론 달리는 부자였었다.

하나 리그에 참가 등록하고, 정비창을 꾸리고, 강철거인을 조립하고, 멤버들의 급한 일을 처리하며 가상에서의 저금뿐 아니라 현실의 저금조차 바닥났다.

그래서 사람 고기 빼고 뭐든 구할 수 있는 자유도시에서 손수 레드 홀을 위해 특식을 사냥해 오는 수고를 마다하지 않았음이라.

메카닉 맨들이 달리가 사냥을 나간 시간에 달리를 칭송하는 역성을 들며 말해주었다.

다 좋다. 문제는 지금 턱 하니 나를 공동 경영자로 지목했다는 것이다.

들뜬 부위기에 부화뇌동할 내가 아니다.

그렇다. 지금이야말로 머리에 찬바람을 집어넣을 때다.

고용인으로 수당을 나누는 것과 다르다. 멤버들의 가상 삶을 공동 책임져야 함이다.

그녀는 일방적으로 떠밀었을 뿐 나는 공동 경영자 자리를 수락하지 않았다.

여하튼 이런 문제는 이후 달리가 어떤 결정을 하느냐에 따라 나의 대응도 달라진다. 달리는 메모를 갈등 깊은 눈으로 뚫어져라 바라보고 있다.

내가 타르타로스의 검을 가지고 있을 때 비슷한 경험을 했다.

과연 그녀의 선택은?

달리의 갈등은 길지 않았다.

"…전적으로 부단장님의 결정에 따르겠습니다. 저는 유니콘이 무사히 돌아온 것만으로 족해요. 제가 욕심부릴 주제는 아니잖아요?"

아니, 이 의욕 과잉 덩어리가?

초심을 잃지 않겠다는 의지가 담긴 눈과 목소리였다.

지금 나에게 잃어버린 뭔가를 떠올리게 하는 눈과 목소리였다.

아니면 애초에 없었던 무언가를 돌아보게 하는 목소리랄까.

"도대체 뭘 하려는 거지? 이 유니콘단으로?"

나는 생각이 꼬여 주어부와 술어부에 모두 질문을 담았지만 질문 내용은 단 하나.

이런 얼치기 팀으로 뭘 하겠다는 것인가이다.

달리의 얼굴이 일그러졌다. 그녀 역시 모를 리 없다.

왜 다른 팀에서 유달리 유니콘 팀을 찾아와 비아냥댔을까?

그럴 만해서다.

달리의 눈에 분함이 서렸다.

더 아프게 찔렀다,

"중량을 감당 못하는 골렘 오너!"

"……"

심상치 않은 분위기에 다가온 골렘 오너와 예비 오너 둘이 고개를 돌렸다.

"외장갑을 조립할 기본 장구류조차 구비되어 있지 못한 메카닉 팀!"

"……"

메카닉 맨들은 고개를 푹 숙였다.

"강철거인 내부 주요 기관 중 일부는 외주 정비에 의존해야 하는 메이지 팀!"

"……"

얼굴이 벌게진 메이지들이 '……그걸 어떻게?' 하며 인정하고 만다.

팀 유니콘 멤버들의 동작이 굳었다.

그렇다. 다들 합당한 타이틀은 달고 있지만 객관적인 기준엔 함량 미달이었다.

"도대체 이 팀으로 뭘 하려는 거지? 혹시 그 설마라는 요행을 바라는 거야?"

"그래요. 팀 유니콘이… 얼치기 팀인 건 맞아요."

달리의 입가가 비틀어졌고, 목소리에 울음이 배어 있다.

"하지만 팀 유니콘엔 꿈이 있어요. 그래요. 우리는 같은 꿈을 꾸고 있다고요!"

"그 꿈이 뭐기에?"

"이곳 가상에서만큼은… 서로가 뜨거운 동료가, 우군이 되자고."

"……"

훗 하며 나오려던 웃음이 목에 턱 걸렸다.

순간 아릿한 영상이 스쳐 지나갔다. 기지에서의, 같이 땀을 흘리고 결국 피를 흘렸던 동료들이.

나를 의지했지만 내가 의지했던 존재!

현실과 가상에서 누구나 빛나는 승리와 성공을 꿈꾼다.

하나 둘 중 그 어디에도 허용되지 않는 꿈이다.

현실의 이들에겐 뜨거운 동료나 친구가 없다. 우정도, 사랑도, 사는 목적도 없다.

과거 아이스크림을 퍼 담을 때의 나처럼.

태어난 땅을 원망하고, 꽉 짜인 사회를 외면하고, 사회에 순응해 사는 사람들을 조소했다.

그리고 도피처를 찾아 눈을 희번덕거렸다.

그런데 지금 나를 보라. 누구나 바라 마지않은 그 빛나는 성공과 승리를 나에게만 허용되는 공기처럼 들이쉬고 있다.

그 성공과 승리는 어떻게 출발했나?

그렇다. 나에겐 선생이자 친구이자 형제 같은 존재가 무수히 있다.

바로 이들이 성공과 승리가 아니면 무엇이랴.

현실과 가상의 숫자의 증가와 여유는 다 부차적인 것들이다.

달리의 둥근 눈에 눈물이 맺혀 차오르고 있다.

길드가 깨지는 과정을 겪었으면서 동료에 대한 믿음을 잊지 않고 있다. 아니면 그 과정에 소중함을 찾았을지도.

"음, 꿈이 고작 그거다 이거지? 휴, 난 또 세계 정복인 줄 알고 괜히 쫄았네."

"……?"

"좋아, 내 그 꿈에 투자하지."

"예?"

"단, 중도 탈락자는 죽인 다음에 레드 홀의 먹잇감으로 던져 버려주겠어."

"……."

와아아아아아―!!

유니콘 멤버들이 환영의 함성을 크게 질렀다.

동료를 환영하는 따뜻함이 담겨 있었다.

쑥스러움을 털며 나는 메카닉 맨들을 향해 말했다.

"어깨 장갑은 그대로 두자고. 나름 훈장 같잖아."

"예!"

"그럼 노느니 나사 조인다고, 방패에 그려진 히포 마크를 지우는 거다."

"예!"

"실시―!"

"실시!!"

숭배자를 보는 초롱초롱한 눈으로 팀 유니콘의 메카닉 맨들이 대답했다. 동작도 빠릿빠릿하다.

하나 그 속엔 볼이 퉁퉁 부어 우물거리는 달리도 있다.

뭐가 불만인지…….

힐끔거리는 달리의 눈은 '이건 사기야!' 라고 말하고 있다.

여하튼,

그대, 지금 꿈꾸고 있는가?

*   *   *

콰광—!!

강철거인이 쓰러지며 대지를 통해 진동이 전달되었다.

이어 우렁찬 함성이 경기장을 메웠다.

드디어 지루하던 서른두 팀이 격돌한 열여섯 차례의 결투는 마무리되었다.

이 16강에 오른 팀 가운데 당일 결투를 하는 팀이 전반부 8팀이다.

네 번의 경기가 오늘 남았고, 팀 유니콘은 오늘 마지막 경기에 나서야 한다.

한데 아직까지 E&T에서 테이머 지오에 대한 처우를 결정하지 않고 있다.

더 이상 이변은 용납하지 않겠다는 것일지도.

출격 준비를 마쳤다. 이번에도 유니콘으로 적에게 필살의 똥침을 놓아줄 것이다.

통쾌한 상상은 이어지지 않았다.

스르룽, 다라라란—!

배가 둥그런 기타를 연주하는 바드들을 앞세우고 검은 발이 드리워진 가마가 등장했다.

조금 떨어져서 매눈을 부라리는 덩치의 호위기사들이 조용히 자리했다.

기사 정복 위에 박힌 판금 가슴받이가 예술품 그 자체다.

전부 눈빛이 깊은 유저들이었다.

가마에서 일정 거리를 두고 물러나 있지만 여차하면 검을 뽑을 그런 자세다.

발 속의 윤곽이 가늘다.

바로 VVIP석의 인물이었다.

……

다 좋은데 꼭 이렇게 요란하게 등장해야 하는지 머릿속을 들여다보고 싶군. 한데 묘하게 누군가와 오버랩 되기도.

자연 무슨 일인가 하며 갤러리들이 몰려들었다.

이변의 팀이 또 무슨 이변을 일으키는지 보고 싶은 것이리라.

다른 팀에서 뿌린, '나는 첩자' 라고 얼굴에 쓰인 인물들도 소동에 가세했다.

하나 호위기사로 이루어진 인계선 안으로 함부로 들어오지는 않았다.

아무튼 발 속 그림자 선은 가늘고 곱다.

"안녕하세요, 팀 유니콘 여러분! 새로운 영웅을 이렇게 볼 수 있어 영광이에요."

목소리가 선녀의 것이다.

하나 모른 척했다. 나, 무지 바쁘다. 등을 돌리고 중량 계산에 몰입했다.

이보다 더 시급한 문제가 어디 있단 말인가.

게다가 VVIP가 부여한 레이디 버퍼의 수호기사를 눌렀다.

善者不來!

짜증 담긴 눈으로 손님 접대는 달리에게 맡겼다.

달리는 볼이 부어 가마로 다가갔다. 한데 나를 향한 눈엔 바보라고 달려 있다.

"죄, 죄송해요, 비쉬느 여공작님. 지오 부단장님이 지금 바쁘세요."

"달리님, 달리님이시죠? 역시 제가 실례했군요. 곧 8강전인데 말이죠."

비쉬느 여공작이라……. 큰곰이에게서 귀에 못이 박히도록 들은 것 같은데. 하도 많이 들으면 뇌에서 로딩이 버벅대는 경우가 있다.

이럴 경우 그냥 내버려두는 게 좋다. 남이 알아서 설명할 테니까.

"그럼 간단하게 달리님에게 말을 드려야겠군요."

"도움이 될 수 있도록 하겠습니다."

눈 땡그리가 꽤 정중하게 대하고 있다.

서로 어감과 어투에 가시가 없다.

내가 오해했나?

"팀 유니콘을 응원하고 싶어요. 뭐라고 해야 하나. 그래요! 반했어요!"

"가, 감사합니다. 큰 영광입니다."

약간 철없는 목소리로 부끄러움을 이기고 흥분을 숨기며 애써 말하고 있는 느낌이다.

"그, 그러니까… 응원할 방법을 알려주세요."

유명 축구단을 응원하는 서포터즈가 되고 싶으신가 보다.

그런데 주변이 더 난리다.

"와—!"

"이럴 수가?!"

"여공작이 팀 유니콘을 공식적으로 응원하겠다니……."

그럼 안 되는 거였나?

고귀한 여공작께서 서포터스가 되든 토스트가 되든 알 바 아니다.

하나 그렇게 생각하면서도 비쉬느의 목소리가 기다려지는 건 기이한 경험이었다.

알고 있는 친근한 느낌이었다.

……!

이건 신종 마법인가?

나는 어떤 스킬이나 마법, 또는 주술에 노출된 게 아닌지 나 자신을 살폈다.

여공작 정도 되면 사시 같은 요술은 수없이 가지고 있으리라.

한데 모든 것은 정상이었다.

달리가 다가와 말했다,

"여공작이 팀 유니콘의 서포터즈가 되고 싶어해요. 잠시 같이 가서 이야기 좀 나누세요."

"내가 왜?"

"비쉬느 여공작이잖아요."

"알아서 해."

"잠깐 얼굴을 비추어주면 팀 운영에 분명 도움이 될 거예요."

"솔직히 내가 여공작에 대해서 몰라서 그러는데, 왜 그래야 되냐고?"

"……"

눈 튀어나오겠다!

달리는 나를 무슨 괴물 보듯 바라보았다.

"…여공작을 몰라요?"

"아니, 이름은 들어보았는데 왜 내가 영광스러워해야 하는
질 모르겠다고."

약간 짜증이 배어 나왔다.

여자들에게 시달려 봐라. 다 이렇게 된다.

"맙소사!"

게다가 더 납득 안 되는 게 달리의 반응이다.

날을 세워 쫓을 줄 알았는데 오히려 뭐에 홀린 건지 여공작
의 역성을 들고 있다.

달리가 가마의 눈치를 급히 살피더니 나를 손가락으로 당
기는 시늉을 하며 세워놓은 방패 뒤로 사라졌다.

자석처럼 끌려가는 나.

달리가 다짜고짜 말했다.

"그녀를 울릴 수 없어요!"

"거참, 영문을 모르겠네. 저 여자는 내 적에게 레이디 버퍼
를 부여한 여자라고."

"그게 그녀의 역할이라고요."

"잉?"

그제야 뇌 구석에 고인 정보가 살금살금 업로드되어 들어
오기 시작했다.

빛의 여공작 비쉬느!

남성 유저라면 그녀를 보는 순간 기사 서약을 할 정도의 미모의 소유자라 했다.

현실이나 가상이나 같은 미모라 했다.

영지도 영주관도 없다. 그럼에도 여공작의 지위에 올랐다.

오로지 추종하는 기사들이 이를 가능케 했다.

여성 유저들은 '진공 마녀 비쉬느' 라고 욕한다.

그녀에게 모든 남성들의 시선이 빨려들기에.

보는 것만으로 여럿 커플 깨졌다.

여하튼 세도가의 후원도 그 어떤 세력도 등에 업지 않고 그 자리에 올랐다.

수호기사 우노우노의 소름 돋는 멘트가 이해가 되었다. 레이디 서약을 했으면 결투에 임하며 서약의 대상에게 자신을 알리고 귀부인을 추앙하는 문구를 읊어야 했다.

자, 그런데 그런 그녀가 팀 유니콘을 공식적으로 후원하시겠다고 한다.

공동 경영자로서 서포터즈의 출범을 승인하기 위해 그녀와 인사를 나누는 것은 당연한 수순이다. 절차가 그렇단다.

귀찮네.

"그래도 싫은데."

"휴, 이보세요! 이 눈치없는 오빠야!"

"응?!"

헤헤, 바보짓을 하니 오빠라고 불러주네.

달리가 참 딱하다는 투로 말했다,

"모든 여성 유저에게 요주의 인물로 찍힌 사람이 그 오명을 씻을 절호의 기회를 놓치려는 거예요, 추행 지오님?"

"……."

아, 그렇다. 나는 요주의 인물이지. 그것도 특히.

서포터즈에 여공작이 있다면……. 좋아, 더 이상 볼 게 없어.

"그렇군. 좋았어! 팀 유니콘을 위해!"

당연히 나를 위해.

이를 일깨워 준 달리의 손을 잡아…….

퍼엉—!

뜨헉!

막 닿으려는 순간 손끝에서 풍선 같은 불이 생겨났다.

손가락이 타오름과 동시에 내 정강이를 걷어차는 달리였다.

"으헉!"

"정신 차리시지요. 이게 다 팀의 평판을 위해서라고요. 하여튼 틈을 주면 안 된다니까. 곱.등.이."

"크윽."

이런 비극이 있을 수 있단 말인가.

그렇다. 요주의 인물로 찍힌 이상 여성 유저와 신체적인 접촉을 시도하는 순간, 이런 비극적인 그림이 나에게 벌어진다.

*　　　*　　　*

빛의 비쉬느 여공작께서는 나의 인간적인 결함에는 관심 없으시단다. 오로지 강철거인을 다루는 감각적인 움직임에 반한 스포츠 여성 되시겠다.

유력한 팀을 후원하는 것은 고귀한 이들의 취미일지도.

"공작 각하께서 팀 유니콘을 친히 왕림하시어 후원 의사를 밝혀주시니 그저 감읍할 따름입니다."

입에 발린 말이지.

발 안에서 예의 기분 좋게 만드는 맑은 음성이 새어 나왔다.

"호호, 저야말로 좋은 결투 기대하겠습니다. 이렇게 큰 결심하셨는데 제가 이렇게 앉아 있는 건 예의가 아니죠."

그러니까 그 잘난 얼굴 좀 보여 달라고.

나의 이 발칙한 마음이 전달되었나?

발 아래로 검은 비단신이 살짝 나왔다.

"……?"

차라락, 발이 올라가며 작은 사슴 같은 아담한 체구에 장식 없이 가슴 아래까지 가지런히 흘러내린 검은 머리칼, 맑고 큰 검은 눈동자를 깜박이는 여성이 모습을 드러냈다.

"팀 유니콘 맴버 여러분께 빛의 가호가 함께하기를."

빛이 파장이 나와 멤버들을 훑고 지나갔다.

Quest

여공작 비쉬느!

빛의 가호를 받은 자, 빛의 권능을 발하는 자……

그녀는 지극히 지고한 위치에 존재하기에 일방적으로 모습을 드러낼 수 없습니다.

그렇습니다.

빛은 공평무사합니다. 적과 아군 역시 가리지 않습니다.

대다수 단체가 그녀의 가호가 깃들길 원하고 이를 갈구합니다.

그녀는 이를 거부할 수 없습니다.

여러분의 적 역시 그녀의 가호가 깃들어 있는 이유이기도 합니다.

이것은 빛의 속성이자 그녀의 속성.

그러나 이제 여러분은 적들과… 공평해졌습니다.

축복과 가호를 마구 뿌리는 존재일세. 본인에겐 저주일지도.

그랬군. 그녀의 후원은 편파성을 상쇄하기 위해서다.

그녀는 이해하는 표정의 나와 눈빛이 교차하며 볼이 붉게 살짝 상기되었다.

주변이 환하다. 빛의 가호와 권능과는 상관없다.

그녀 그 자체가 발하는 빛이다.

의상이 특이하다. 한복도 아닌 것이 기모노도 아닌 것이, 그렇다고 중국 복식도 아닌, 동양 복식의 특징을 짜 맞춘 옷이었다.

길게 내려오는 가지런한 검은 머리칼과 그림처럼 잘 어울렸다.

E&T상 흔한 미인 중 하나다.

사진으로 가린다면 나의 추종자(?)들이 월등한 개성을 가지고 있다.

한데 인간 자체에 서려 있는 분위기가 다르다.

보호본능을 자극하는 여성체로서의 장점이 느껴지지 않는다.

연인으로서 호소하는 여성체로서의 매력 역시 느껴지지 않는다.

그 대신 친애하는 친구이자 동료로서의 느낌이 강하다

할까.

빛 속에 자리한 한줄기 어둠이 불현듯 떠올랐다.

그녀의 수줍은 미소에 가식이 없는 순수한 기품이 서려 있다.

자신에게 시선이 집중되는 데 대해 진실로 미안해하는 감정이 담겨 있다.

그렇게 여성체 고유의 장점을 완벽하게 배제한 채 도움을 구하기만 하면 그 누구도 거부할 수 없는 여린 매력의 소유자였다.

주변 공기조차 숨을 죽였다.

같은 여성인 달리조차 눈을 둥그렇게 뜨고 어쩔 줄 몰라 했다.

여공작의 사슴 같은 눈이 다시금 나를 바라보았다.

…….

많은 이야기가 담겨 있다. 나만의 착각일지도.

여하튼 마녀들에게 단련된 내 눈은 말하고 있다. 이런 가녀림 속에 지극히 절제되고 정제된 저력이 도사리고 있다고.

그렇다. 미인이라는 단어가 부족하다.

이를 증명하기라도 하듯이 내 뒤에서 부산스러운 움직임이 있다. 팀 유니콘의 골렘 오너와 두 명의 예비 골렘 오너였다.

이들 역시 여공작에게 인사를 하기 위해 대기 중이었다.

그들은 그녀 앞에 한쪽 무릎을 꿇었다.

그리고 입에서 터무니없는 외침을 토해냈다.

"당신의 기사가 되고 싶습니다!"

주변에서 소란스러운 소리가 났지만 내가 향하고 있는 것은 비쉬느의 검은 눈이었다.

그녀는 왠지 미안함이 담긴 눈으로 나를 바라보고 있다.

뒤쪽은 뒤쪽대로 필사적이었다.

허락 안 하면 이 자리에서 바로 배를 가를 각오를 담아 다시금 외쳤다.

"기사가 됨을 허하여 주소서—!"

이 강력한 의지가 담긴 호소에 비쉬느의 눈동자 깊은 곳에선 언뜻 슬픈 느낌이 스치고 지나갔다.

그리고 들리지 않는 작은 한숨을 내쉬었다.

"나 자유도시의 여공작 비쉬느는 그대의 맹세를 감사한 마음으로 받아들입니다."

그녀의 손이 그들의 어깨 위 공간으로 오락가락하며 짚는 시늉을 했다.

영주가 충성을 맹세한 기사의 양 어깨를 검을 짚으며 서약을 하는 그림의 연장이었다.

정말로 그녀는 지켜야 할 기사의 맹세를 말하고 있었고, 그들은 홀린 눈으로 진심으로 받들겠다는 대답을 넙죽넙죽 했다.

골렘 오너들은 감격해 마지않았다.

아, 이런 것이 홀린 것이라 하는구나.

이게 다가 아니다. 시키지도 않았는데 메이지 팀과 메카닉 팀원들이 차례로 다가와 비쉬느에게 기사의 맹세를 했다.

옆에 밀려난 달리는 쓸쓸한 미소를 띠며 나를 바라보았다. 팀을 단박에 접수당한 두령의 허탈함이 묻어 있다.

팀 유니콘이 물리적으로 비쉬느에게 넘어간다고 넘어가는 게 아니다. 정신이 넘어간 상태라.

이 모든 과정이 흐르고, 모두의 시선이 내게 향했다.

오직 너만 남았다는 뜻의 눈들이었다.

…….

모든 이의 기대의 찬 시선을 따라 비쉬느의 눈이 나를 향했다.

그녀의 눈은 당신만은 이런 멍청한 짓을 하지 말아 달라고 말하고 있다.

당연하지! 나 지오거든!

나는 배에 힘을 주고 천진함과 완벽한 무고함으로 가득 찬 비쉬느의 눈을 바라보며 진심을 담아 말했다. 아니, 이는 절규에 가까운 외침이었다.

"나와 결혼해 주세요!"

비쉬느의 추종자들이 거대한 파도로 일체화되어 나를 덮쳤다.

機甲戰記
Massacre
기갑전기 매서커

그런 소동이 있었다.

방금 벌인 어처구니없는 행동에 부끄러움이 물밀듯이 들어왔다. 거짓말이지만.

분명 내 안에 늑대가 일으킨 반응이 아니다.

마음가는 대로 행동하는 게 '지오주의' 니까 절대 '늑대주의' 가 아니다.

내 마음이 시키는 대로 했다.

내 마음이 시키는 대로 하는 선택에 일말의 가식도 거짓도 없다.

정말이라니까?!

내 눈에 얼굴이 빨개질 대로 빨개진 비쉬느가 있다.

잠수함에 불의에 일격을 당한 항공모함 같다.

하지만 눈은 왠지 재미있어하고 기뻐하고 있다.

그녀는 뒷걸음으로 가마에 드리워진 발 속으로 들어가며 살짝 내게 들리는 소리로 말했다.

"음, 당신에게 자격이 있다면……."

꽈릉―!!

Quest

여공작의 청혼자!

당신은 여공작 비쉬느의 유력한 청혼자로 등록되었습니다.

여공작이 인정한 첫 청혼자이기도 합니다.

율리시스가 되어 귀찮은 청혼자들을 처단하십시오.

아니면 당신이 귀찮은 청혼자가 되어 또 다른 율리시스에게 처단당할 것입니다.

오―! 이런!!

개싸움에 말려들었다.

아싸—!!

매서커와 같은 쟁패의 삶이 도래했음이라.

드디어 메시지 빈칸 숭 일부가 채워셨나.

늘어나는 강철거인의 기동 시간과 운전 중량.

빛의 기호가 나에게 살며시 임했다.

* * *

자유도시의 시간을 알리는 마법종이 다섯 번 울렸다. 황금빛 햇살은 가는 실 가닥이 되어 흩어지고 있다.

모든 것이 흘러가는 오후 끝자락, 유니콘의 투구 뿔에 드리워진 그림자는 한 뼘 더 늘어나 있다.

흥분, 환희, 낙담, 야유가 버무려진 경기장의 열기는 뜨겁기만 하다.

16강에서 몸을 풀어 나름 몸이 가벼워진 8강 참가자들의 역량이 눈부시게 화려해서이리라.

더 이상 너 죽고 나 죽고 식의 마구잡이 치고받는 결투는 없었다.

정제된 동작과 세련된 기동으로 크나큰 볼거리를 선사했다.

그렇게 이제 관중이나 골렘 오너나 즐길 준비가 된 것이다.

여하튼 여전히 나에겐 골렘 오너 자격이 부여되지 않고 있다.

골렘 오너 자격만 부여되면 매서커와 팬텀, 오르골의 기동 스킬과 전투 스킬을 바로 이식 받을 텐데 말이다.

메카닉 맨 클래스와 골렘 오너 클래스는 완벽하게 상충되는가 보다.

지금 오늘 마지막 결투 참가자로 경기장에 나서고 있다.

나를 향한 관중들의 반응은 가히 열광적이다.

경기장 중앙으로 걸어가는 내내,

우우우우우우우우우우우우우우우우우우우—!

지저 깊은 곳에서 올라오는 듯한 저주의 함성이 쏟아졌다.

빈 술병과 빈 포션 병들이 포물선을 그리며 날아들어 유니콘에게 떨어졌다.

판돈을 날려 버린 노름꾼들의 성마른 폭주와 다르다. 자신들에게 허용되지 않은 행운에 대한 질시였다.

어떻게 메카닉 맨이 골렘 오너를 이길 수 있단 말인가?

익숙한 현상이기에 덤덤하다.

그렇다고 가만있으면 재미가 없지. 유니콘의 가운데 중지를 들어 특대의 'FUCK YOU!' 를 관중들에게 날렸다.

우우우우우우우우우우우우우우우우우우─!

흐, 더 좋단다.

뒤를 돌아보니 달리가 이마를 짚으며 고개를 흔들고 있다.

아니나 다를까, 팀 유니콘 부스를 향해 빈 병과 쓰레기가 날아들었다.

이게 다 재미 아니겠어.

거 있잖은가?

짜고 치는 프로레슬링 리그에 나오는 악역 같은 역할 말이다.

원래가 악당이라고?!

흥!

좋아, 악당이 어떻게 이기는지 보여주지.

두 팔 벌린 배틀 스탠스를 잡고 8강 상대를 거만한 눈에 담았다.

솔직히 야유는 기분 나쁘지 않다. 미움 받을수록 강해지는 캐릭이 나니까.

미움이 커야 다가오는 행복이 커지는 게 아니겠는가.

아큐 식 자기최면을 걸고 있는데 환호와 응원을 가득 받으며 회색의 강철거인이 경기장에 등장했다.

머리를 세운 자세로 똬리 튼 코브라 마크가 어깨에 선명하게 새겨져 있다.

상대는 팀 코브라, 솔저 급 강철거인이었다.

1차전 때 상대와 다르게 연회색으로 전체 도장을 했다.

모 백작가가 후원하는 팀이라 그런지 외장갑이며 둔기 타입의 중병기까지 균형이 잘 잡혀 있다.

팔뚝에 장착된 육각 방패에 1차전 때 만들어진 수많은 상흔이 아로새겨져 있고 자세엔 백전노장의 박력이 담겨 있다.

쉬운 상대가 아니다.

아니나 다를까, 장내 아나운서의 소개가 거창하다.

"오늘의 마지막 결투!"

마법으로 확장된 운영위원의 말이 휘몰아치던 야유와 환호를 잠재웠다.

"그럼 이제 팀 코브라의 골렘 오너를 소개하겠습니다."

손을 아래에서부터 과장되게 휘둘러 상대 회색 강철거인을 가리켰다.

"지금까지 노획 강철거인이 무려 일곱 기! PART2의 떠오르는 에이스 중 에이스!! 1차 예선에서 보여준 세련된 기동은 우리를 흥분시키기에 충분했습니다. 여러분께 자신있게 소개합니다! 돌곤 백작의 대리기사 탐앤탐!"

이에에에에에에에에에에—!!

호응하는 환호가 광적이다.

그러자 강철거인 어깨에 차갑고 눈이 푹 꺼진 음침한 인상의 기사가 나타났다. 마른 몸체로 가는 전봇대 하나가 삐죽 선 것 같다.

눈이 거북스럽게 느껴지는 광기로 반들거렸다.

이런이런.

이런 뼈다귀 체형에 초점없이 반들거리는 눈의 소유사를이 있다. 가상게임에 빠져 건강을 망친 전형적인 이들의 모습이다.

나 역시 과도한 몰입으로 아무리 먹어도 체중이 조금씩 줄고 있다.

더불어 생각지도 않게 어금니까지 닳아 치과 치료를 병행하고 있는 형편이다.

일곱 캐릭을 동시에 돌리는 것의 문제가 아니다. 한 캐릭이라도 오버플로 상태로 몰아버리면 건강을 위협하게 되어 있다.

현실에서의 적절한 운동과 규칙적인 식습관을 유지하지 못하면 눈앞의 상태가 되는 것이다.

10년 전 큰곰이의 전성시대 사진이 저랬다.

큰곰이는 그래서인지 개인 트레이너처럼 건강 챙기는 것을 귀찮을 정도로 채근했다.

수차례 자신을 혹사시킨, 그 혹사를 전혀 마다하지 않는 하이엔드 유저의 상태다.

드러난 성과에 비해 유명세를 치르지 않은 것은 변해 버린 외모뿐 아니라 게임 외엔 만사가 귀찮은 성정 때문이리라.

그렇다. 뭐라 하든 눈앞의 상대는 나와 같은 과다.

탐앤탐은 나를 거들떠보지 않았고, 예의 VVIP석에 자리한 검은 발이 쳐진 상석을 향해 외쳤다.

"저의 영광과 승리는 돌곤 백작께서 친애하는 당신께 모두 헌정합니다!"

지극히 형식적인 어투였지만 예의 빛의 가호가 그에게 스며들었다.

돌곤 백작은 비쉬느의 귀찮은 청혼자 중 하나였다.

아니나 다를까, VIP석에 콧수염을 멋지게 기른 느끼한 인상의 청년이 VVIP석을 향해 중절모를 들어 인사했다.

탐앤탐은 돌곤 백작의 대리기사이니 탐앤탐을 쓰러뜨리는 것은 유력한 청혼자를 쓰러뜨리는 것과 같은 이치리라.

탐앤탐은 내 쪽을 살짝 노려보곤 강철거인 속으로 스며들었다.

호락호락 넘어가지 않겠다는 의지가 담긴 눈이었다.

이어 운영위원이 나를 성의없는 손짓으로 가리켰다.

"오늘 대파란을 일으킨 팀 유니콘의 다크 호스! 메카닉 맨의 우상, 골렘 오너 킬러 테이머 지오—!!"

우우우우우우우—!

관중들이 저주에 찬 야유와 함께 발을 굴리며 연호했다.

곱등이, 곱등이, 곱등이, 곱등이—!

아씨, 곱등이라니?

나는 1차전 때와는 다르게 유니콘의 어깨 위에 모습을 드러냈다.

개나 소나, 철수나 영희나 다 받는 귀부인의 가호를 받기 위해서다.

……

멜빵바지에 등이 굽은 내가 나타나자 장내의 소요는 잦아들었다.

지금 외부에서 나를 보는 형상은 등이 굽고 눈은 비대칭으로 삐뚤어지게 그려지고 있다. 추행 유저로 찍힌 다음 개선의 노력도 하지 않고 여공작에게 터무니없는 언어 폭력을 행사한 대가였다.

그렇다, 유저들의 미움을 받을수록 추물로 변해가고 있다.

관중들의 눈에 흐르는 정서는 분명 경멸에 가깝다.

아마 VIP석에 자리한 모 귀부인에게 헌사를 한다면 가열

찬 야유를 퍼부을 작정으로 목청을 가다듬음이라.

　나는 VVIP석의 검은 발을 향했다.

　뭐라고 할 것 같은가? 그렇다.

　"나와 결혼해 주세요―!!"

　보이즈 비 앰비셔스.

＊　　　＊　　　＊

　무한 공분을 샀다.

　미움 받으려면 이 정도는 돼야지. 암.

　그렇기에 비쉬느의 가호는 없었다. 대신 불특정 다수의 특대형 저주가 이 몸에 강림했다.

　이 모든 미움의 에너지는 행복 포인트로 전환되어 내게 떨어졌다.

　이것이야말로 자폭의 묘!

추행 지오에서 자폭 지오에게 허용된 묘수라.

그렇다. 악당에겐 악당의 길이.

여하튼 두 명의 결투자가 비쉬느에게 헌사를 했다.

경기 개시 권한이 비쉬느에게 옮겨졌다.

관중들의 시선이 VVIP석의 검은 발로 쏠렸다.

검은 발 사이로 검은 손수건을 든 하얀 손이 나왔다.

검은 손수건이 떨어짐과 동시에 결투가 시작되리라.

하얀 손끝에서 검은 손수건이 떨어졌다.

검은 손수건이 바람을 타고 하늘하늘 날아 경기장 바닥에 살포시 떨어졌다.

쿠우쿵우웅—!

상대는 방패를 앞으로 상체를 가리며 둔기를 등 뒤로 감추는 자세를 취했다.

완벽한 수비 자세였다.

그리고 발바닥이 지면을 끌며 다가왔다. 충분히 탐색을 하겠다는 의지가 담겨 있다.

하나 나는 여전히 적수공권의 정비 기동 시간을 이용하는 메카닉 맨일 뿐.

나에게 유리한 것이 있다면 적이 나를 너무 높이 평가하고 있다는 것.

메카닉 맨의 한계를 모르고 있다.

그렇다. 지구전으로 들어가는 순간 나의 패배다.

정비 기동으로 할 수 있는 복합 동작 역시 많지 않다.

내가 믿고 있는 것은 슈팅아머를 다룰 때의 경험!

동종 시뮬레이터를 사용할 것이기에 기본 복합 동작은 입력되어 있으리라.

적이 소극적이니 그 점을 파고들기로 했다.

두 팔을 상대에게 겨누고, 왼발을 앞으로 내밀며 허리를 낮추었다. 격투기의 기본 겨룸 자세를 잡았다.

상대와의 거리는 여전히 30미터 전방이다. 상대는 지렁이처럼 접근하고 있다.

전투 권역 밖이다.

왼발을 축으로 밀며 도약과 동시에 상체를 틀어 오른 주먹을 길게 내질렀다.

주먹의 목표는 상대의 육각 방패의 정중앙으로 잡았다.

구우우웅! 파팡―!

강철 주먹이 허공을 쳤다.

여전히 서로의 거리는 사정권 밖임에도 움찔하며 방패 안으로 위축되는 상대였다.

적의 반응은 의미없다. 오직 나만의 동작을 할 뿐.

반대로 오른발을 축으로 왼손을 내질렀다.

우르릉―! 파팡―!!

공간이 울리는 파공음이 다시금 울렸다. 여전히 상대와의 거리는 멀다.

다시금 내지름과 동시에 내디딘 왼발을 축으로 오른 주먹을 길게 내질렀다.

스르릉—! 쿠웅—!!

땅이 처음으로 요동치며 주먹이 내지른 파공음을 집어삼켰다.

우직함으로 위력이 늘어났다.

그리고 익숙한 느낌이 척추를 티고 들어왔다.

그렇게 땅을 굴리며 주먹을 내지르는 교차 동작을 반복하며 상대를 향해 나아갔다.

뭐 저런 바보 같은 짓거리가 있을까 하지만 나는 진지하다.

교차 내지르기의 폭은 어느덧 거리가 늘어난 상태다.

척추를 타고 들어오는 느낌을 살려 중량을 담을수록 그 거리는 늘어나고 있다.

그리고 지금 주먹 끝에 전체 중량이 모두 실렸다.

5미터에 달하던 폭은 순식간에 12미터로 늘어났다.

적은 이미 충분히 대비하며 방패 안에 자신을 담고 있다.

바로 이것이 너의 패배 요인!

주먹 끝에 실린 이십 톤이 넘는 중량이 방패 정중앙에 꽂혔다.

뿌카—!!

금속판이 찢어지는 파열음이 울리며 회색 강철거인이 주르륵 밀려났다.

적이 중병기로 반격하기엔 거리 밖이다.

나는 다시금 주먹 끝에 중량을 실었다.

다시금 방패 정중앙에 강철 주먹이 작렬하며 회색 강철거인을 뒤로 밀어냈다.

주먹 한 방이 일군 위력치곤 놀라울 정도.

밀려난 만큼 동작을 교차하며 주먹 끝에 중량을 실었다.

타격, 밀려남. 교차 타격, 밀려남. 관중들은 왜 반격을 하지 않는지 이해할 수 없으리라.

무려 30톤에 달하는 중량이 실린 주먹이다.

준비 동작부터 기세를 탄 진행까지 막지 않은 것이 잘못으로 타이밍 전체를 나에게 넘긴 셈이라.

방패는 이미 그 기능을 상실했고, 방패를 든 팔뚝까지 충격에 노출된 상태다.

탐앤탐은 자신이 지겠다고 작정했단 말인가?

아니다. 골을 흔드는 충격이 파고들어 정신이 없는 것이다.

하나 상대는 위기 속에 진가를 발휘하는 하이엔드 유저!

둔기 끝에 회백색 에너지가 뭉쳐지는 게 얼핏 보였다.

차근차근 에너지를 비축하고 있음이라.

과연 언제 스킬을 터뜨릴까?

스킬 타이밍은 물러나지 않으려 혼신을 다하려 할 때리라.

나는 주먹 끝에 실린 중량을 해제했다.

톡, 가볍게 상대의 방패를 가격했고, 상대의 중량이 담긴 반발력에 완벽하게 밀려났다.

허우적거리며 크게 두세 걸음 물러났고, 머리 위와 가슴 위로 회백색 스킬 이펙트가 아슬아슬하게 훑고 지나갔다.

맨땅에 떨어지는 회백색의 빛의 덩어리!

우르릉, 거미줄 같은 균열이 대지를 가르며 발바닥을 타고 파괴적인 진동이 올라왔다.

혼신을 다한 한 방이었다.

식은땀이 등골을 타고 흘렀다.

머리뿐 아니라 가슴속 조종석까지 부숴 버릴 충격이었다.

하나 강철거인과의 백병전은 타이밍 흔들기와 따먹기다.

그 핵심은 기만!

둔기가 허공을 가르고 맨땅을 내려치며 적의 어깨와 머리가 크게 숙인 채 눈에 들어왔다.

적은 급히 방패를 가슴에 붙이며 상체를 세웠다.

적이 대단한 유저인 것은 이 반응에서 드러났다. 과감하게 둔기를 버린 것이다.

그렇게 수비로 재빨리 전환하려 했다.

급하다!

나는 상체를 다이빙하는 식으로 날렸다.

온몸을 날렸다.

팔뚝에 있는 방패가 먼저 눈에 들어왔다.

하나 걸레가 되어버린 방패였으니 급히 끌어당겨지는 것이 무색할 정도로 축 처지며 가슴의 틈을 보이고 말았다.

적이 가슴이 살짝 열린 틈을 타고 투구 끝 장식이 명치 부위 위로 파고들었다.

스그극—

견고함 다음에 빈 공간, 그리고 부드러운 무언가에 투구 끝이 도달했다.

이미 한 번 느꼈던 느낌과 촉이다.

상대는 내 몸체를 안은 상태로 뒤로 넘어갔다.

와당탕!!

당신은 유력한 청혼자를 처단했습니다.

*　　　*　　　*

온갖 쓰레기가 날아들었다.

사기다─!! 사기야─!!

당장 재경기하라─!!

인정할 수 없어─!

그러든 말든 브레이크 댄스 뒷걸음질로 물러나며 분노에
찬 야유와 질시를 날리는 관중들에게 양손 중지를 들어 특대
쌍의 'FUCK YOU!' 를 날렸다.

계속 미워해라. 그럴수록 나에게 부여되는 에너지는 확대
재생산될 테니. 뭇흐흐흐.

나의 눈은 끌림을 따라 VVIP석의 문제의 장소로 향했다.

가마는 퇴장을 위해 이동 중이었다.

아쉬움이 밀려왔다.

그때였다.

하얀 손이 검은 발을 올리며 비쉬느의 얼굴이 살짝 보인 것
은.

웃고 있다. 자신의 선택에 대한 확신이 서려 있다.

그녀가 웃는다. 이번 웃음은 전혀 의미가 없다.

그저 진심으로 재미있어하는 웃음이었다.

나를 향한 저주로 가득 찬 이공간이 부드러운 파스텔컬러
가 드리운 듯 화사한 빛을 발하고 있다.

그렇다. 그녀의 미소에는 솔직함이 담긴 힘이 있다.

장미 같이 착각하게 만들거나 미요처럼 홀리게 하는 그런

미소가 아니다.

내가 한눈에 그 미소에 반한 이유를 지금에야 설명할 수 있다.

나의 이 무채색 시간을 무지갯빛 컬러 팔레트로 채워줄 것만 같다.

그렇다. 기대하고 있다. 가상에서 이성에게 기대하고 있는 나 자신이 신기하다.

야—! 눈 땡그리!! 뭐가 불만이야?!

*　　　*　　　*

마주한 시선을 피했다.

현실의 미인은 전술 병기다. 게다가 화려한 마천루의 야경을 등에 두고 마주한 미인은 말할 것도 없이 전력 병기 그 자체.

시선을 마주할 수가 없다.

눈앞의 검정색 정장 미인이야말로 마계 마황녀가 현신한 것처럼 화려하면서도 우아한 기품에 차가운 요염함이 자연스럽게 배어 있다.

장미였다.

강철 리그 경기를 마치자마자 VE사로부터 긴급 호출이 있었다.

한데 지은 죄가 없는데 왜 이리 죄지은 느낌을 들게 만드는 거야?!

자랑 좀 하자!

동신 팬텀의 기계용 퇴치로 VE사가 원하는 성과를 이미 상회한 것으로 알고 있다. 아니, 초월했다.

VE사는 전 세계 E&T를 통틀어 최초의 드래곤 슬레이어 타이틀을 부여받은 영상을 독점 공급하고 있다.

이백 원짜리 두 시간 편집 공략 동영상은 이미 이천만 조회 수를 기록했고, 천이백 원짜리 무편집 동영상 역시 삼십만이나 퍼갔다.

VE사가 기획한 이벤트 중 단시간에 전세계를 대상으로 거둔 최대이자 유일무이한 성과였다.

나도 대박!

감사패라도 주는 줄 알았다.

그런데 왜 이런 죄인 취급을 하는 거야?!

여하튼 그녀에게서 나는 감미로운 향기에 정신을 차리지 못하고 있다.

헬렐레하기엔 언급했듯이 분위기가 오묘(?)하다.

예의 무식한 망치가 연상되는 떡대 보디가드와 날렵한 나이프가 연상되는 여성 보디가드가 장미의 뒤에서 손을 몸 앞에 모으고 서 있다.

검은 선글라스 속의 눈은 나를 빤히 노려보고 있다.

왜 그랬냐고?

내가 뭘 어쨌다고?!

장미가 예의 노란색 연필을 돌리며 혼잣말처럼 말했다,

"수익이 생긴다 싶으면 꼭 일이 생긴다니까. 강철거인 리그라니……."

그러며 나를 노려보았다.

삐싱—!!

나는 네가 오늘 무슨 일을 저질렀는지 알고 있다는 뉘앙스가 담긴 눈이었다.

몰라—!

"흥!"

가벼운 콧방귀와 함께 입체 영상 하나가 회의 테이블 위에 나타났다.

야유하는 관중들을 향해 쌍으로 '퍽 큐'를 선사하는 강철거인의 그림이었다.

곱등이 지오였다.

그, 그래서?

내가 뭘?

장미의 눈은 '이거 너지?' 라고 말하고 있다.

나는 장미의 눈을 모로 외면했다.

동신 팬텀만 계약했지 다른 지오는 프리랜서가 아니던가.

"신의 성실 원칙을 들어 관련 캐릭의 활동에 대해서 우리 VE에 알려주는 것이 서로 오해를 줄이는 일이 아닐까요?"

"……."

그런 거 모른다. 알기도 싫다.

나도 나를 모르는데 뭘 알려준단 말인가.

버팅기지 장미가 자리에서 일어나 내게 다가왔다.

눈이 분노로 활활 타오르고 있다.

"다른 캐릭들 역시 품위있게 행동해야 하는 거 아닌가요?"

"……."

품위 하면 이 지오님이지. 한데 더 이상 가까이 오지 말라 말이야—!

"세상에?! 전 E&T 여성 유저들에게 요주의 인물로 통보되 다니… 도대체 무슨 짓을 하고 다니는 거죠? 곱등이? 곱등이 라니?!"

"허끅."

아씨, 뽀록났구나.

"그, 그게… 그건 전적으로 오해에서 벌어진 일로……."

궁색하다. 벌어진 일은 벌어진 일이니.

"E&T의 떠오르는 별, 동신 팬텀과 E&T가 혐오하는 곱등이 지오가 같은 유저의 캐릭이라는 게 밝혀지는 순간……."

"……."

"스캔들이에요. 전세계적인!"

"……!"

어, 그렇네.

"사람들은 곱등이는 전혀 신경 쓰지 않고 오직 동신 팬텀만 입에 올릴 것이며, 그 데미지는 전부 우리 VE사가 감당해야 한다고요."

"끄응."

나의 명망이 VE사의 명망과 연동하고 있음이라.

상처 부위에 인두를 가져다 지져대는구나.

하나 절대 인정할 수 없다!

동신도 지오고 곱등이도 지오다.

모로 돌린 눈을 향해 눈을 맞추어 오는 장미를 피해 고개를 다른 쪽으로 돌렸다. 하나 끈질기게 눈을 맞추어오는 장미였다.

"헤, 다들 어디로 튈지 모르는 캐릭들이라……."

자신없는 대답에 장미가 가벼운 콧방귀로 응수했다.

"넘겨요."

"뭐, 뭘요?"

"전 캐릭의 활동을 우리 VE로 넘기는 거예요. 전부 우리가 관리하겠어요."

"에에?"

"물론 대우는 우리 VE사가 억울하지만 동신 팬텀에 준하는 대우로 하겠어요. 여기 사인!"

강렬한 압박에 이어 일사천리로 이어지는 계약 종용에 가미된 '이게 다 너를 위해서야!' 신공이라.

그녀는 내 캐릭들의 활동을 모니터링하는 권한을 얻으려 함이라.

사인 한 방에 삼 년의 삶에 공백이 생겼다.

넘어가선 안 돼!

"시, 싫습니다."

"우리 대우나 처우에 못마땅한 게 있나요? 이건 전부 스캔들 방어를 위해서라고요."

"그건 아니지만… 말이 나왔으니 말하겠는데, 동신 팬텀의 경우 말입니다. 이벤트 이후 동화율이 팍팍 떨어지고 있어요. 아마추어는 아마추어다울 때 빛이 나는데 갑자기 프로가 되니 이도저도 아닌 캐릭이 되어가고 있다 이 말입니다."

이는 진실이다. 꽤 혼란을 겪고 있다.

특히 장미가 옆에 있어야 동화율이 오른다.

아니면 인형 같은 실비를 무릎에 앉혀 놓고 있던지.

그런 식이니 애로가 크다. 절대 그 에로가 아니다.

깨놓고 장미와 실비 사이에서 오락가락하고 있음이라.

그건 속사정이고 겉사정은 누군가 나의 가상에서의 행동을 모니터링하는 것이 의식되어 동화율에 이상이 생겼다는 말이다.

캐릭들이 이런 식이면 VE사가 원하는 소기의 성과를 거두기 어렵다.

"흐음, 그러면 VE가 제공하는 테라피를 받는 게 좋겠어요. 그런 애로를 선배들은 어떻게 극복했는지 잘 알려줄 거예요. 훌륭한 멘토들이 있으니 곧 극복할 거예요."

"그런 것도 있나요?"

"자산 관리 차원에서."

"제가 자산인가요?"

"예."

정나미없게 단박에 인정하다니.

그래, 자산이라는데 어쩔 것이랴.

약간 나만 느껴지는 달콤한 톤으로 장미가 말했다.

"자, 그러니까 여기 사인을 하는 거예요."

여리디여린 지오를 잡아드실 기세가 뿜어져 나왔다.

"…싫습니다."

크으, 다시 넘어갈 뻔했어.

테라피든 멘토든 다른 지오 캐릭들에게 동신의 딜레마를 선사시킬 수는 없다.

곱둥이도 곱둥이의 삶이 있다. 그 역시 나 지오가 선택한 삶이다.

장미의 눈이 치켜 올라갔다. 눈빛은 '감히!' 라며 압박을 가하고 있다.

한데 장미는 가볍게 한숨을 쉬더니 제자리로 돌아갔다. 정장 재킷을 벗어 의자에 걸쳤다.

그리고 두 보디가드를 눈으로 지시해 회의실에서 내보냈다.

이어 가벼운 스트레칭으로 손가락 마디의 긴장을 푸는 것이다.

오도독, 우드득.

단둘이 단판을 보자는 것인가.

괜히 기대하고 있다.

왜 내 눈엔 하얀 블라우스 틈 사이로 살며시 드러난 가슴골만 보이는 거지?

여하튼 긴장 타야 한다.

책상 위에 올린 손을 얼른 바지 주머니에 넣어 단속을 했다.

노터치!

이에 장미는 '어쭈, 이것 봐라?' 하는 눈으로 나를 바라보았다.

내 앞 책상에 걸터앉으며 다리를 꼬았다.

세련된 정장 치마에 가려진 다리 선이 고혹적이다.

왜 자꾸 눈이 다리 선을 따라 흐르는 거야?!

사, 살려줘?!

달콤한 향기까지. 피가 마르는 것 같아.

나는 출구를 찾아 눈을 돌렸다.

그 시선은 계약 서류에 막혔다.

그리고 으스스한 협박조로 장미가 말해왔다.

"…사인하지 않으면……."

"……?"

"상의를 찢어버릴 거예요."

"……."

이게 무슨 의미지?

나는 무슨 뜻인가 하며 장미를 올려다볼 수밖에.

장미는 블라우스 상의 단추 하나를 풀고 있었다. 아니, 단추를 잡아 뜯었다.

톡!

이렇게 큰 소리가 있을까?!

"헉!"

꼼짝없이 성폭행 현행범으로 몰겠다는 것이다.

곱등이 지오 건이 뇌리를 때렸다.

"저, 저한테 왜 이러세요?"

나는 최대한 애절한 목소리로 쥐어짰다.

"내가 그간 겪은 모욕을 잊고 있었다고 생각한 건 아니겠죠?"

장난스러운 톤이지만 농담 속에 진담이 숨겨져 있다.

"……."

역시 보복의 기회를 노리고 있었어.

등에서 식은땀이 흘러내렸다. 이 위기를 타개해야 하는데 묘책이 떠오르지 않고 있다.

그 어떤 수를 쓰든 그녀의 승리다.

우물쭈물하며 눈 돌릴 곳을 찾아 고개를 돌렸지만 따라오는 것은 서류 한 장 아니면 단추가 풀어져 훤히 들여다보이는 가슴골이었다.

"이건 말이 안 돼요."

"뭐가요?"

"당신 같은 숙녀가 저 같은 하찮은 인생을 상대로 이런 비열한 함정을 파다니요?"

그렇지?

그렇게 나는 절절한 진심을 담아 말했다.

"흥, 저 역시 내 가치를 바닥에 내려놓을 생각은 없어요."

"그렇죠? 그러니 어서 단추에서 손을……."

"하나—!"

"……하나?"

장미의 상체가 나에게 확 당겨 왔다.

에구머니, 입술선이 섹시하잖아.

"싼마이 인생을 상대하려면 전술적으로 싼마이로 갈 수밖에 없는 거죠."

"……."

"그러니 포기하시죠? 내 장남감으로 살든지? 내 손에 망가지든지? 지금 당장 선택하는 거예요."

말이 뒤로 갈수록 약간 쑥스러운 느낌이 담기며 달콤하게 변했다.

장미는 그러며 내 멱살을 살짝 잡아 당겼다.

바싹 당겨지는 얼굴과 얼굴……. 고개를 뒤로 제끼며 모로 틀었지만 입술 향기에 정신이 없다.

…사인하고 싶어졌어…….

왜? 나에게 이런 고초와 시험을…….

＊　　　＊　　　＊

최악이다.

장미의 손이 두 번째 단추로 가 있다.

말리는 순간 사건은 더 커진다.

위기를 타파하기 위해 가상의 지오 하나를 팔기로 했다.

"잠깐—! 제가 제안 하나 하죠?!"

"흥, 뭐든지."

"그들을…… 넘겨 드리겠습니다."

"……!"

"장미님의 제단에 제물로 받치겠습니다."

장미의 눈이 휘둥그레졌다.

"그것들이 감히 E&T에 발을 들이다니… 이건 협정 위반이야."

"옙! 제가 그들을 조져 버리겠습니다."

명령에 죽고 사는 병정개미처럼 여왕개미의 분노에 호응했다.

눈앞을 압박하던 서류는 사라졌다.

정신을 아찔하게 하는 고운 입술선이 사라졌다.

에구구, 아쉬워라.

대신 분노로 들썩이는 부드러운 가슴만 오락가락하고 있다.

은근 글래머네.

오 노, 이럴 때가 아니지.

얼른 서류를 접어 그녀에게 바람을 불어넣었다.

바람에 블라우스가 하늘거리며 깊은 골 전부를 조망하게 만들어주었다. 고개를 모로 돌렸지만 눈동자가 돌아가는 걸 마다하지 않았다.

……

내 다시는 장미와 회의실에 들어가나 봐라!

장미가…… 무섭다. 아니, 여자가 무섭다. 진짜로!

Act 09
영웅(?) 곱등이

機甲戰記
Massacre
기갑전기 매서커

우우우우우우우우우우우우우우우우우우우—!

예의 야비한 운영위원의 소개가 있고, 열광(?)적인 야유와 조소가 내게 퍼부어졌다.

나는 유니콘의 팔뚝을 세워 보다 굵은 '퍽 큐—!'로 응사했다.

이에에에에에에에에에에에에에에—!!

좋아 죽는다.

그렇다. 욕하면서 즐기는 대상이 되었다.

꽤 인기(?)있는 악역이 된 듯하다.

여하튼 눈앞에 긴장 타고 있는 4강 결투 상대는 쌍검을 쓰는 솔저 급 강철거인으로, 구멍이 두 개 뚫린 돼지코를 팀 마크로 복부 장갑에 크게 박아 넣었다.

왠지 개념없이 천박하다.

상대 팀은 드물게 한문으로 홍돈(紅豚)을 쓰는 '레드 피그'다. 예의 비쉬느의 청혼자 중 한 명인 돈돈돈 후작의 대리기사이기도 하다.

VIP석의 돈돈돈 후작이라는 작자는 만화에서 튀어나온 것 같은 들창코에 밑으로 퍼진 전형적인 비만체였다. 전형적인 상인 캐릭으로 보였지만 실상은 E&T 상에서 고리대금을 굴려 부를 쌓은 자다.

아이템을 담보로 가상의 재화는 물론 현실의 재화도 굴려 악명이 자자하다.

내가 알 정도면 어지간한 악당의 단계는 넘어선 자다.

E&T 유저란에 '한국 E&T를 흐리는 10대 악당!'이라는 가십난이 있다. 매달 유저들의 투표로 업데이트한다.

그 가운데 최악의 얌체 유저로 바미안의 영주가 들어 있고, 문제의 돈돈돈 후작은 최악의 사채꾼으로 등재되어 있다.

흐르는 소문이지만 등록금에 보태려고 아이템을 담보로 사채를 빌린 대학생이 있었다. 하나 이자의 수렁에 빠져 아이템은 물론 캐릭까지 빼앗기고 말았으니. 그러고도 남은 원금의 압박에 대학생이 자살하고 말았다는 이야기가 돌았다.

가상의 재화가 현실의 빚으로, 그 현실의 빚이 더 큰 가상의 빚이 되어 몇 번 오가면 가상에도 빚이, 현실에도 빚이 쌓이는 상황에 처하고 만다.

가상의 담보물 자체가 신기루 같은 '신용'이기에 신용대출에 대한 돈돈돈 후작의 비즈니스는 이 시대 유망 사업이고 존경받는 사업가로 대우받고 있다.

여하튼 이 시대의 흔한 청춘잔혹기로 각색되어 돌았을 수 있겠지만 당사사가 단 한 번노 이런 이야기를 무인한 적 없다는 것이다.

'그러니 내 돈은 절대 갚지 않고는 못 배길 걸!' 같은 악명의 위세를 이용하고 있다고 말하는 자도 있다. 하나 세상의 사람들은 전자의 악명의 위세를 키워주는 걸 선택한다.

그렇다. 내가 영웅이기에 그는 분명 악당이다!

억지라고?

증거가 있다.

수많은 유저들의 혐오가 모이고 쌓이면 가상에서조차 기벽이 발생한다.

보라!

연신 가래침을 경기장을 향해 툴툴 뱉어내는 그림이 여간 역겨운 것이 아니다.

이는 그를 향한 객관적인 증거에 근거한 규탄이 받아들여
져야 생기는 혐오스러운 행동양식이라.

바미안의 영주 매서커에겐 마른 귀를 후비는 애교 정도랄
까.

이런 작자가 감히 나의 '빛느님' 비쉬느에게 청혼하다니?!

아, 아, 흥분하고 말았네.

여하튼 상대는 내가 4강에 올라온 이상 우연은 아니라고
판단했는지 깊이 긴장 타고 있다.

잠깐 스치며 보았지만 신중한 골렘 오너로 보였다. 여섯 기
노획이라는 전적 역시 훌륭하다.

돈돈돈 후작의 대리기사는 날렵한 팔다리에 비해 복부가
볼록 희화적으로 돌출한 체형의 소유자였다. 탑승한 강철거
인 역시 두툼한 돌출형 복부 장갑이 인상적이다.

배치기, 배치기! 배치기!! 배치기―!!

상대를 응원하는 연호가 우렁차다.

관중들은 꼭 이럴 때만 대리기사와 그 후원자를 구분한다.

그렇다. 악덕 사채꾼보다 곱등이가 더 미운 더러운 세상!

아, 또 흥분했다.

빛느님이 보고 계시다.

관중들의 연호가 말해주듯 상대에 근접해 배로 밀쳐 중심
을 흔든 다음 짧지도 길지도 않은 쌍검으로 난타해 제압했다.

별로 아름다운 기술을 아니지만 그 배치기엔 그만의 스킬이 배어 있어 감히 소홀히 할 수 없다.

상대는 무려 여섯 기를 노획했다.

지금까지 상대한 골렘 오너 중 강철거인 스킬을 셋 이상 습득한 게 아닌가 짐작되어지는 대목이다.

수많은 생각은 머릿속에서 지워졌다. 경기 시작을 알리는 검은 손수건이 비쉬느의 손에서 떨어졌기에.

하늘하늘, 검은 손수건이 경기장 흙바닥에 떨어졌다.

크궁—!

씨시— 씽!!

상대의 접근이 신중하게 이루어지며 쌍검을 좌우로 빗겨 휘둘렀다.

자신만의 권역을 확장하며 거리를 좁혀왔다.

붕붕붕붕— 붕— 교차하는 검의 흐름이 빨라지며 은의 장막이 만들어졌다.

나는 유니콘의 손을 교차해 상대를 겨누며 다가갔다. 양손을 상하좌우로 교차하며 부드럽게 휘저었다. 빈 공간에 그 어떤 대상을 쥐려고 하는 것처럼.

관중 역시 호응해 숨을 죽이며 바라보고 있다. 왠지 알 수 없는 엄숙함이 흐르고 있기에.

특별한 스킬을 획득했냐고?

훗—!

노련한 권법 수련가가 연상되는 형이상학적인 동작의 연결이지만 그저 의미없는 헛동작의 연결이었다.

상대와 관중은 그렇게 생각하지 않겠지만.

무의미한 동작에서 의미를 찾으면 그것이 바로 패착의 시발점이 되길 기대하며 양손으로 빈 공간을 어르고 쥐는 식으로 나아갔다.

유니콘이 허공을 점하며 다가들자 주춤주춤 검막을 형성하며 물러서는 상대였다.

헛동작에 어떤 꼼수가 숨겨 있는지 나름의 계산이 복잡한가 보다.

마치 내가 실생활에서 권법의 대가가 아닌지 착각하고 있을지도 모른다.

나는 그 흔한 태권도도, 공원에서 이루어지는 무료 태극권 강습조차 받아본 역사가 없다.

그저 어린 시절 때가 되면 방영했던 무술 영화의 인상 깊은 동작을 떠올려 구사할 따름이다.

강철거인으로 그 동작을 만들어냈으니 얼마나 해괴망측하랴.

점점 구석에 몰리고 마는 상대였다.

관중 역시 숨 죽여 이 광경을 지켜보고 있다.

어떻게 검을 든 강철거인이 적수공권의 강철거인에 밀릴 수 있는지 놀란 얼굴들이었다.

그런데 몰 때까지 몰았는데 어떻게 하지?

그랬다. 상대 강철거인이 경기장 기둥 경계까지 물러난 상태!

허장성세는 성공했는데 상대를 제압할 결정타가 없다.

그저 상대가 패착에 들기를 기대했는데 상대는 너무나 자존심도 없이 물러난 것이다.

이, 이런.

그럼에도 절대 공간을 휘젓는 손의 흐름을 멈추지 않았다.

곧 검막의 권역에 들어갈 테고, 유니콘의 양손은 갈가리 분쇄될 수 있다.

상대는 후퇴를 멈춘 채 사력을 다해 검막을 만들어내기 시작했다. 튀어나올 생각이 없다.

붕붕붕— 붕붕!

은의 장막이 더욱 선명하다.

아, 이로써 꼼수도 끝인가?!

허공을 짚는 양손이 은의 장막 속으로 들어갔다.

와그작— 카강— 투카앙—!!

믹서기 속에서 볼트와 너트가 갈리는 소음이 이럴까.

양손을 타고 들어오는 사나운 진동은 어떤가.

눈이 흔들리고 골이 흔들렸다.

유니콘의 손가락이 잘려 튀어 올랐다. 곧이어 손목이 날아 올랐다. 바로 이어 팔뚝 보호 장갑이 부서져 금속 파편이 비산하며 관중 속으로 날아들었다.

관중석에서 단말마의 비명이 울렸다.

타카앙—!! 터거덩—!

보호 장갑을 깬 검이 팔뚝 뼈대에 박혀 멈추었다.

손이 사라진 유니콘의 양 팔뚝엔 두 개의 검이 통나무가 물어버린 도끼날처럼 박혀 정지했다.

그렇게 양측 모두 두 팔의 움직임이 정지한 채 마주했다.

진동이 멈추자 상대 복부 장갑의 유치찬란한 붉은 돼지코가 확대되어 들어왔다.

있는 힘껏 상대의 돌출된 복부를 목표로 걷어찼다.

투카아아아아아앙—!!

그림 같은 올려차기에 가격당한 적의 발바닥이 들썩였다.

거리가 가까워 복부 아래 깊은 곳에 발등이 꽂히고 말았다.

유니콘의 발등엔 특유의 코뿔소 돌기를 붙여 놓았다.

상대에게 척추를 관통하는 통렬한 아픔을 전달한 것 같은 기분이 드는 건 나만의 착각일까?

검을 잡은 손을 놓치지 않아 처음 그 상태 그대로였다. 다시금 올려 찼다.

떨어져라. 떨어지라고!

하나 검날이 빠져 톱니 상태로 변한 검은 팔뚝에 박혀 좀처럼 빠지지 않고 있다.

놓아라―! 놓으라고―!

투캉앙아―!

복부 중심 깊은 곳을 다시 가격했지만 상대는 검을 놓치지 않고 버텼다.

뭐냐, 이 터무니없는 오기는?

오, 이런. 정신을 놓았구나! 나라도…….

그렇다. 저항하려는 반응이 없는 것이 상대는 큰 충격을 받은 게 확실했다.

먹어라. 실컷 먹어라―!

올려차기를 복부 깊은 곳을 목표로 집중적으로 양발로 퍼부었다.

투캉, 투캉, 투캉! 투캉, 투캉, 투캉!

미친 듯이…….

무려 일 초 안에 세 번의 가격이 이루어졌다.

이래서 기계가 무서운 것이다.

기어이 일 초 안에 5.5회의 발차기 가격을 해냈다.

퍼엉―!!

그때 상대의 복부 장갑이 발 아래로 털썩 힘없이 주저앉

왔다.

장갑 공정 주위가 연이은 충격에 터져 버린 것이다.

강철거인 가슴 안 뼈대 속, 정신을 잃은 상대가 보였다.

충격이 그쳐 정신이 돌아오는 그 순간!

주저없이 유니콘의 투구를 상대 조정석에 밀어 넣었다.

투구 끝에 특유의 느낌이 걸렸다.

예의 승리의 메시지가 주르륵 따라 올라왔다.

더불어 속에서부터 위산이 역류한 신물이 올라왔다.

경기장 속, 고요한 적막이 흐르는 가운데 팔뚝 아래가 너덜거리는 유니콘의 그림자 끝을 바라보며 팀 유니콘의 주기장으로 향했다.

절대 운이 아니다. 허세도 실력이다!

*　　　*　　　*

유니콘의 부서진 두 팔을 수리하는데 일단의 무리가 나타났다.

골렘 오너와 예비 오너 둘에게 방해자를 접근시키지 못하도록 임무를 부여했는데, 그들을 가뿐히 누르고 다가온 걸 보니 나름 거물인가 보다.

"응?"

의외의 인물이었다.

나타난 이는 돈돈돈 후작이었다.

그는 코를 후빈 손가락을 튕기더니 닦지도 않고 손을 불쑥 내밀었다.

"꾸울, 돈돈돈이라 합니다."

"…곱등이라 합니다."

한데 꾸울? 이건 무슨 인사법인가?

아, 제길, 내 입으로 나를 곱등이라 말하다니.

"꾸울, 경기 잘 봤습니다. 아, 말할 때마다 나오는 '꾸울'은 유저들에 대한 경고음입니다. 나를 조심하라는, E&T가 선사하는 친절한 서비스입니다."

"……"

나의 바보바보가 '우우'라고 말하는 것과 비슷한 이치인가 보다.

대신 그의 경운 그 자신이 돼지처럼 탐욕스러운 인간이라는 경고의 의미겠지만 어투에서 풍기는 것이 이를 무슨 벼슬처럼 여기고 있다.

아무리 가상이라지만 코 후빈 손을 잡고 싶진 않다.

악수 대신 눈으로 용건을 물었다.

"꾸울, 당신을 나의 대리기사로 고용하고 싶소. 아, 아니,

전략적 동맹자가 맞는 말이겠군."

"곤란한 청탁 같습니다. 나 역시 비쉬느의 청혼자 중 한 명이니까요."

내 말에 그는 고개를 끄덕이며 수긍하는 듯했지만 가늘고 찢어진 눈에선 약간의 비웃음이 흘렀다.

"꾸울, 말하지 않아도 잘 알고 있소이다. 당신에게 E&T가 요구하는 성장 시스템이 개입되어 저지른 일 아니겠소?"

"……."

아닌데. 그냥 나 꼴리는 대로 한 건데.

나는 자발적인 청혼자다. 절대 이루어지지 않겠지만.

여하튼 그의 눈은 기이할 정도로 진지하다.

"꾸울, 이미 체험했듯이 이 강철 리그는 여공작 비쉬느를 차지하기 위한 청혼자들의 대리전이 되고 말았소. 뭐 그녀 때문에 생긴 리그라 해도 과언이 아니지."

"잠깐?! 말이 나온 김에 하나 물어봅시다! 왜 한다 하는 나리들이 여공작 비쉬느를 차지하려 이 난리죠? 청혼자가 넘쳐!"

"꾸울! 허, 이거 참."

그는 나를 어이없다는 듯 쳐다보았다.

"꾸울, 정말 순수한 의미의 청혼자?"

"그냥 순수한 의지를 불태우는 불순한 청혼자라 합시다."

“꾸울, 설명이 필요한 상대라니…….”

“내가 필요한 쪽은 그쪽이니 솔직한 정보를 요청하는 바요.”

통명하게 몰아붙이자 마지 못하는 투로 입을 열었다,

“꾸우울, 그러니까… 여공작 비쉬느는 이 자유도시 최상부에 자리한 빛의 탑의 주인으로 알려져 있소. 엄밀히… 반쪽짜리지만.”

“그 빛의 탑?”

반에도 탑 자체에서 빛이 나 등대 같은 역할을 하고 있는 탑이 있다. 성인 열 사람이 두 팔 벌려 안을 정도로 위태롭게 가늘다.

“꾸울, 자유도시 정중앙에 자리한 탑 중의 탑이요. 여공작 비쉬느만이 그 탑을 자유롭게 드나들 수 있는 유일한 유저로 그녀의 반려자에게도 그 자격이 주어진다고 알려져 있소이다. 꿍.”

“고작 빛의 탑에 들어갈 자격을 위한 청혼 소동?”

그는 코를 후빈 손가락을 내 눈앞에서 흔들었다.

으, 드러—!

“꾸울, 그녀는 여공작이니 정략적인 배후자로 누굴 지목하든 상관없지요. 게다가 그녀는 그 누구도 반려자로 지목하지 않고 지금까지 지내왔으니.”

“정략적이든 전략적이든 전부 그녀 마음 아닙니까?”

“꾸울, 물론 그녀 마음이죠. 지금까지 장난으로도 그녀에게 청혼한 자는 없습니다. 그녀는 자유도시를 밝히는 존중받을 만한 유저니까요.”

“……”

돈돈돈은 비쉬느를 흠모 이상으로 동경하고 있다.

“꾸울, 한데 PART2 선행 영지가 생기고부터 이 빛의 탑이 가진 비밀이 유저들 사이에 떠돌기 시작하더이다. 그때부터 이야기가 달라졌습니다.”

“탑의 비밀?”

가늘고 삐쭉 높기만 한 탑은 신비감과는 거리가 멀다.

“꾸울, 즉 빛의 탑의 진정한 주인은 비쉬느가 아니라는 겁니다. 여공작 비쉬느는 빛의 탑을 들어갈 자격을 검증하는 안내자 역할을 부여받았다는 것으로, 일종의 무녀(巫女)랄까.”

“호오!”

마녀만 아니면 돼!

“꾸울, 더불어 빛의 탑의 진정한 주인이 이 도시의 주인이라는 이야기가 돌고 있습니다.”

“……!”

이 주인없는 거대 도시의 주인이 된다고?

나의 설마 하는 눈치에,

"꾸울, 바로 이 메트로폴리탄의 인공지능에게 명령을 내릴 수 있는 최고의 일인자가 되기 위해선 반드시 비쉬느의 안내를 받아 빛의 탑 상층부에 가야 한다는 겁니다. 물론 그 안에 그 나름의 함정과 시험이 있겠지만 말이죠."

"……."

이 거대한 소동이 이해되었다.

비쉬느에 대한 청혼자들의 난립은 이 도시를 차지하기 위한 경쟁인 것이다.

그 공개적인 경쟁이 이 강철서인 리그!

그리고 나는 불청객이자 유력한 청혼자이기도 하다.

그는 유력한 경쟁자인 나를 매수하기 위해 온 것이다.

내가 그의 대리기사가 되면 나에게 부여된 청혼자 자격은 자연 소멸되게 되어 있다.

"꾸울, 그래서 말인데, 얼마면 돼?"

갑자기 말을 놓았다.

나야 편하지.

"글쎄, 구미가 당기는 조건은 그쪽에서 제시하기 나름 아닌가?! 게다가 내가 지금 혼자도 아니고. 세상이 돈이 전부지만 가상에서까지 그러면 재미없잖아?"

노획한 전리품들로 시선을 돌리며 마른 턱을 쓰다듬었다. 그의 눈이 재미있다는 식으로 탁하게 빛났다.

"꾸울, 물론 E&T가 악명에 상응하는 특이한 능력을 부여
한 건 당신만이 아니야. 나에겐 당신 같은 터무니없는 전투
능력 대신… 모든 아이템에서 NPC에 이르는 인공지능에 대
한 수치적인 계량이 가능한 눈을 부여받았지. 오로지 이 능력
만으로 세력을 등에 업지 않고 나 혼자의 노력으로 후작위에
올랐거든."

"……."

돈돈돈이 대상인으로서 성공한 비결이었다.

왜? 한데 갑자기 자기 자랑?

"꾸울, 나의 대리기사가 된다면……."

"된다면?"

"꾸울, 바로 이 능력을 빠짐없이 이식해 주겠어. 모두 욕하
지만 모두 부러워하는 곱등이 돈돈돈이 탄생하는 거야. 까짓,
후작위도 넘겨주지. 당연히 작위에 달린 저택과 약소한 영지
도 넘기고."

"흐음."

급 당기는 제안이다!

그렇다. 돈돈돈은 그 자신 그 자체를 걸었음이라.

그는 자신에 부여받은 능력에 무한한 자부심을 가지고 있
음이 느껴졌다.

"꾸울, 게다가 전 유저의 미움을 살 만큼 살았으니 내가 가

진 능력을 이식 받기에는 그만인 것 같은데?"

"이미 버린 몸, 확실하게 망가지라 이건가?"

"꾸울, 악명에는 상응하는 실속이 따르는 법! 그 실속을 챙기라는 거지. 그대, 어떤가?"

"한데 리그 우승자를 비쉬느가 청혼자를 받아들인다는 보장은 있는 거요?"

그렇다. 비쉬느는 명백한 자유의지를 소유한 유저 아닌가.

E&T 시스템이 뭐라 하든 유저의 의사가 우선이다.

"꾸울, 우승자는 자유도시 수호기사 지격에 친모하는 레이디에 대한 호위기사 자격이 부여되지. 그녀가 이를 거부할 사항은 아니지. 거부하면 빛의 탑에 들어갈 자격이 박탈될 테니까."

연구 많이 했구나.

우승자는 수행기사가 아닌 호위기사 자격으로 그녀를 졸졸 따라다닐 수 있다.

그녀의 가는 팔을 내 팔 위에 올려놓고 거리를 산책하는 상상이 자연스럽게 그려졌다.

돈돈돈 역시 눈이 풀린 게 그런 그림을 머릿속에 그리고 있는가 보다.

이것은 족발에 진주 발찌.

안 돼!

감히 돼지 따위가!!

"…당신의 제안……."

"꾸울―?"

그의 몸이 바싹 당겨왔다.

내가 우승의 영광을 그에게 돌리는 순간, 그의 독특한 능력과 한정되지만 막대한 부가 나의 것이 된다.

"단호히 거부하리다―! 그녀는 나의 로망! 흥정의 대상이 아니지! 암!"

"꾸우우우우울―! 어떻게?!"

상상이 깨진 돈돈돈의 인상이 보기 좋게 구겨졌고,

"꾸울, 감히 당신은 곱등이로 찍힌 마당에 비쉬느에 어울린다고 생각하는 거요?"

버럭 소리를 질러댔다.

"물론, 감히 어울리지 않지! 그렇기에 비쉬느 옆에 그 누구도 들일 수 없어."

"……."

비틀어진 로망 작렬!

입이 벌어지는 돈돈돈이었다.

"내 로망은 내가 지키겠어!"

"꾸우울?! 이, 미친……."

도저히 납득 못하겠다는 눈으로 바라보는 돈돈돈이었다.

내가 못 먹으면 남도 먹으면 안 된다!

                    *   *   *

"팀 블루의 자랑! 청기사 야콘!!"

장내 아나운서가 결승전 상대를 웅장하게 소개했다.

하나 관중들의 호응은 열광적이지 않다.

4강전에서 난투를 벌어 장갑이 만신창이 상처로 가득한 나이트 급 강철거인이다. 진청색 도색 곳곳이 검격에 벗겨져 '청기사' 라는 별칭이 무색할 정도다.

그래서인가.

괴물에게 바친 안타까운 재물 정도로 여기는 반응이라.

특히 나를 소개할 땐 관중들 사이에 난무하던 야유가 없다.

4강전에서 보여준 유니콘의 유려한 복합 동작은 그 어떤 골렘 오너도 선보이지 못한 동작들의 연속이었으니 격이 다른 것을 이제야 깨달은 것이다.

여하튼 결투 개시 신호와 더불어 비쉬느의 검은 손수건이 경기장에 떨어졌다.

척—!

결승전 상대다웠다. 중병기인 도끼를 어깨에 들쳐 멘 자세에는 일격필살의 의지가 담겨 있다.

당해도 고이 당하지 않겠다는 마음을 비운 적만큼 까다로운 상대가 없다.

왜?

자기가 할 수 있는 일만 집중해서 생각해서다.

거칠게 달려들어도 까다로운데 지금처럼 신중하며 자기 할 일만 생각하면 불리한 건 나다.

도끼날에서 새파란 윤기가 감돌았다.

기어이 내 머리를 쪼개겠다는 것이다.

나는 손가락을 까닥이며 상대를 도발해 보았다. 하나 상대의 산악 같은 자세는 여전했다.

그래, 기어이 머리를 쪼개고야 말겠다는데 마다할 내가 아니지.

척척척—!

그냥 산보하는 양 유니콘으로 걸어나갔다.

친구를 향해 다가가는 자연스러운 자세라 일체의 박력과 투기는 그 속에 없다.

이는 정비 기동의 단점이자 장점이기도 하다.

한데 이것이 먹혔다.

점점 적에게 다가갈수록 도끼를 쥔 청기사의 팔이 미세하게 흔들렸다.

그 미세한 진동은 다가갈수록 급격히 흔들렸다.

거리를 순간적으로 좁혀 압박해 들어오는 타이밍을 찾으려 하고 있었다.

친구를 맞이하는 식의 이런 느긋한 접근은 적의 예상 시나리오에는 없음이라.

달달달달달.

지금은 관중들까지 알아볼 정도로 청기사의 떨림이 요란하다.

마치 무서워 떠는 행동으로 보일 그림이었다.

그렇게 막 사정거리에 들어갈 찰나였다.

팀 블루의 깃발이 장내에 날아들어 바닥에 떨어졌다.

기권이었다.

권투 경기에서 선수 보호를 위해 백색 타월을 링 안에 던져 넣는 것과 같은 효과다.

팀 블루의 항복 의사에 나는 걸음을 멈추었다.

한데, 청기사의 도끼가 큰 포물선을 그리며 유니콘에게 날아들었다.

유니콘의 정지를 공격 타이밍으로 청기사가 파악한 행동이다.

피하기는 이미 늦은 상황이었다.

뿌각—!!

새파란 도끼날이 유니콘의 투구를 찌그러뜨리며 파고들어왔다.

귀에 이명이 가시지 않을 정도로 충격은 컸다.

충격을 참으며 경기 중단 선언을 기다렸다. 한데 운영위원의 경기 중지를 외치는 말은 울리지 않았다.

!!!

투구를 부순 도끼날이 빠져나갔다.

휘청하며 간신히 중심을 잡았다. 경기 중지를 외침은 여전히 들려오지 않고 있었다.

그냥 경기 속행이었다.

청기사는 자신의 등 뒤로 팀 블루의 깃발이 떨어져 내린 걸 보지 못했다.

아니, 깃발이 바람에 날려 떨어졌든지 누군가의 불순한 장난으로 벌어진 일로 치부할 터.

아니나 다를까, 흔들리는 시선 속에서 VIP석에 자리한 돈돈돈이 비릿한 미소를 그리고 있음이 확대되어 들어왔다.

마치 이런 사태가 일어나리라는 것을 알고 있는 여유가 읽혀졌다.

……!

당했다.

눈앞에 다시금 새파란 도끼날이 떨어져 내렸다.

이번엔 투구 아래, 가슴 위 조종석을 겨냥한 공격이었다.

유니콘의 다리 힘을 풀어 상체를 흔들며 풀썩 주저앉혔다.

부우우우우웅—! 스르르르룽—!

머리 위로 금속 마찰 불똥이 튀었다.

새파란 도끼가 투구를 거칠게 스치며 가슴 장갑 굴곡을 세로로 깊이 파고 지나갔다.

"크윽!"

이마 정중앙을 타고 한줄기 예기가 가늘게 스치고 지나갔다.

그렇게 아슬아슬하게 커다란 타격을 회피했다.

의외로 쉽게 유니콘의 타이밍을 훔쳤다고 청기사의 골렘 오너는 착각했는지 자신감을 담아 제3격을 뿌려왔다.

이번도 회피는 힘들다. 상체를 크게 흔들었다.

뿌가가각—!

어깨 장갑을 깊이 파며 3격이 지나갔다.

이 충격 에너지를 다리 축에 전달, 상체를 팽이같이 돌렸다. 주먹 쥔 양팔을 날개처럼 펼쳐 회전에 힘을 더했다.

회전하는 유니콘의 주먹 등에 청기사의 치켜올린 팔뚝 모서리와 충돌했다.

뿌각—!

사나운 파쇄음이 터지며 청기사의 팔뚝 관절 부위가 와락 꺾였다.

치켜올려지던 도끼가 툭 하며 바닥에 떨어졌다.

손등을 타고 들어오는 반발력을 살려 반대로 상체를 팽이처럼 회전시켜 반대편 청기사의 팔뚝 관절을 손등으로 쳤다.

파가각, 관절에 손등이 작렬하며 관절이 틀어졌다.

청기사는 그제야 크게 물러나더니 떨어진 도끼를 수습하려고 팔을 뻗어왔다.

하나 두 관절이 꺾이고 부서진 뒤라 적절한 동작이 만들어지지 않았다.

나는 손을 뻗었다.

도끼가 유니콘 손에 옮겨져 자루 중심으로 짧게 쥐어졌다.

이어 청기사의 가슴 장갑 중앙을 향해 찍어 나갔다.

이에 급히 물러나는 청기사였다. 결승전에 오른 골렘 오너답게 기민한 반응이었다.

하나 나는 중심에 잡은 도끼 자루에서 힘을 뺐다. 손 안에서 자루가 미끄러져 빠져나갔다.

도끼 자루가 손끝에서 막 떨어지는 찰나 도끼 자루 끝을 검지와 엄지로 고리를 만드는 식으로 쥐었다.

부우우우웅웅, 뽀각—!!

바로 가슴 장갑 정중앙에 도끼날이 보이지 않을 정도로 깊이 파고든 상태에서 멈추었다.

서로 약속이라도 한 듯 절묘한 타격이었다.

부르르 떨리는 기이한 촉각이 손바닥을 타고 올라왔다.

마지막 숨이 빠져나가는 약간의 공허함도 담겨 있다.

그제야 운영위원이 손을 머리 위로 흔들고 경기 중지를 외치며 뛰어들었다.

나는 가슴에 박힌 도끼를 빼기 위해 청기사의 배를 걷어찼다.

꽈당—!

청기사는 하늘 향해 대자로 힘없이 뻗어버렸다.

그렇게 골렘 오너 야콘 데드 상태임이 명명백백하게 드러났다.

"이럴 수가?!"

입이 벌어진 운영위원의 눈이 허망하게 흔들렸다.

나는 보란 듯 유니콘의 어깨 높이까지 오는 거대한 도끼를 두 팔 높이 치켜들며 제자리에서 돌았다. 강철 리그의 첫 우승자가 누구인지 확실히 각인시키기 위해.

이에에에에에에에에에에에—!!

처음으로 관중들 사이에서 야유 대신 환호가 울려 퍼졌다.

나에겐 꼼수가 통하지 않는다. 왜?
내가 바로 절대(?) 꼼수니까.

OF TEN DIVINE NAMES
Act 10
색을 보다

機甲戰記
Massacre
기갑전기 매서커

오크 진영 곳곳에서 혼란스러운 괴성과 불길이 타올랐고, 도착하기 한참 전부터 드워프들의 신호탄이 새벽 하늘을 녹색으로 수놓고 있었다.

그러나 이곳의 혼란에 비할 바가 아니다.

바로 사건의 장소는 빅마마의 아담한 막사 앞이었다.

지하에서 뚫고 올라온 구멍이 커다란 아가리를 벌리고 있었고, 아담한 빅마마의 막사는 흉하게 뭉개져 있었다.

수많은 오크 나이트와 오크 솔저들의 사체로 넘쳐나고 있었다.

그리고 문제의 빅마마는 장로 드워프와 드워프 전사들에
의해 잡혀 있었다.

흉흉한 기세를 뿌리는 낯선 드워프들이 보였다.

양측에서 갱도를 파 들어와 이 지점에서 합류한 것이라.

그런 그들과 대치하고 있는 것은 상체 곳곳에서 피를 흘리
고 있는 오크 로드 형제였다. 이 두 형제를 중심으로 드워프
전사들의 사체가 무수히 너부러져 있다.

빌어먹을, 그랬다.

오늘 삼동작전의 목적은 빅마마 납치에 있었다. 빅마마를
압박해 오크 로드 형제를 압박하려 함이었다.

나의 도착에 맞추어 하이 엘프 아앙과 워 드워프가 갱도에
서 올라왔다.

이어 장자 드워프 역시 그가 조련한 방패병단을 이끌고 후
위에 도열했다.

나의 무사함에 아앙의 인상이 보기 좋게 구겨졌다.

워 드워프 역시 사납게 노려보았다.

장자 드워프는 머쓱하게 수염을 쓰다듬으며 특유의 모른
척을 했다.

여하튼 시시비비를 따질 시기가 아니다.

오크의 수가 월등히 많았다.

하나 고급 유닛인 오크 나이트들은 한참 떨어진 외곽 진영

에서 드워프 전사단과 치열한 전투를 하고 있었다. 그곳은 오크 셔먼들이 모여 있는 곳이었다.

그 전투의 거친 함성이 어슴푸레한 여명을 뚫고 사납게 울리고 있었다.

오늘 새벽에 벌어진 삼동작전은 누가 기획했는지 몰라도 드워프 쪽으로 대성공이었다.

나는 방패병단을 지휘하고 있는 외눈의 장자 드워프를 노려보았다. 다분히 의도적으로.

장자 드워프는 하나 남은 눈을 껌벅이며 어깨를 으쓱했다.

장로 드워프가 기획한 단순한 양동작전에 자신이 약간의 양념을 가미했음을 부인하지 않았다.

가히 절정의 심보를 가진 인공지능이었다.

그제야 나를 발견한 붉은 수염의 장로 드워프가 나를 가리키며 손을 떨었다.

"어떻게……."

그저 피식 비웃어주었다.

장로 드워프는 장자 드워프를 찾아 매섭게 노려보았다.

장자 드워프는 그저 먼동을 바라볼 따름이다.

그러는 사이 워 드워프와 하이 엘프 아앙이 노여움에 치를 떠는 장로 드워프 옆에 당당하게 섰다.

"오크 로드는 우리가 처단하겠습니다. 반드시!"

이 기회를 놓치지 않겠다는 각오를 워 드워프가 표했고, 아앙 역시 고개를 끄덕이며 입술을 핥았다.

장로 드워프는 다른 장로들과 눈을 마주치곤 고개를 끄덕이며 승낙했다.

장로 드워프 대부분이 깊은 상처를 입고 있었다. 장로의 상징인 배꼽 아래까지 흘러내린 풍성한 수염은 피에 젖어 제 빛을 잃은 상태다.

그만큼 빅마마를 되찾으려는 오크 로드 형제를 상대로 사투를 벌였음이라.

하이 엘프 아앙과 워 드워프의 눈엔 자신감이 차올랐다.

"차압—! 오늘에야말로 끝을 보겠다, 이 들창코 자식아!"

굵은 다리를 과장되게 굴리며 워 드워프가 나섰다.

"하압!! 뻐드렁니를 뽑아주지!"

아앙 역시 호기를 부렸다.

둘이 기세를 방출하는 외침을 토하자 워 드워프와 아앙을 중심으로 밝은 빛 덩어리가 하늘 위에서 떨어져 내렸다.

화르르르릉—!!

엘리시온의 무구가 부리는 빛의 가호였다.

이 둘은 빛의 전사로 화했다.

이에 마지못해 나서는 오크 로드 형제였다.

매일 보아왔던 빛과 어둠의 싸움이 시작되었다.

파츙, 꽈르르르릉―!!

역장과 굉음이 터지며 그들만의 절대 공백이 다시금 생겨났다.

이번만큼은 오크 로드 둘을 처치할 절호의 기회라 여기는지 처음부터 파괴적인 에너지가 이 둘의 파편 무구에서 방출되었다.

"크르를―!"

"카울―!"

지친 데다 상처에서 이미 많은 피를 쏟은 상태였기에 여느 때와 다르게 수세에 몰리고 마는 오크 로드 형제였다.

오크 로드 둘은 연신 드워프들에게 붙들린 빅마마의 안전을 염두에 두며 방어에 급급했다.

일방적으로 몰렸다.

땅 속에서 튀어 올라온 방패에 턱이 강타당하더니 창공의 뇌격시에 상체 곳곳에 구멍이 숭숭 뚫렸다.

난타당하고 철저하게 유린당하기 시작했다.

한데 일방적으로 당하면서도 이 오크 로드 형제는 신음을 흘리지 않았다.

철저히 고통을 밖으로 토하지 않았다.

빅마마를 배려한 극한의 인내였다.

하나 빅마마는 이 둘을 기른 어머니다. 아무리 보지도 듣지도 못해도 자식들이 흘리고 있는 피 냄새를 모를 리 없다.

왜소한 체구의 빅마마는 두 손을 모아 잠시 기도하는 듯하더니 머리를 맨땅에 있는 힘껏 부딪쳐 갔다.

자식들의 짐이 되지 않으려는 처절한 행동이었다.

하나 이미 빅마마를 주시하고 있던 드워프 전사에 의해 붙들리고 말았으니 아슬아슬하게 맨땅에 거죽만 부딪치는 것으로 끝이었다. 이마 거죽이 찢어지며 피를 흘렸다.

빅마마는 자해를 하려고 몸부림쳤지만 드워프 전사의 우악스러운 손에서 벗어날 수 없었다.

드워프 전사가 기어이 빅마마의 목과 이어진 등판을 절구 같은 발로 밟아 눌렀다. 집어 던져진 개구리 같이 퍼지고 마는 빅마마였다.

빅마마는 일체의 신음을 흘리지 않았다.

이에 더욱 손발이 어지러워지는 오크 로드 형제였다.

"쿠와악―!!"

분노와 안타까움의 노성이 쩌렁쩌렁 대기를 흔들었다.

그러자 땅에서 검은 기운이 뭉텅 떨어져 나와 오크 로드 형제를 휘감았다.

그동안 침식당한 빛의 영역이 순식간에 밀려 나갔다.

이변이었다.

피범벅으로 뼈가 드러나 보이던 오크 로드 둘의 상체가 순식간에 아물어 들었다.

오크 로드가 타르타로스의 창을 야구 배트처럼 휘둘러 급습하는 엘리시온의 방패를 쳐서 멀리 날려 보냈다.

엘리시온의 방패는 파편 무구답게 스스로의 의지로 워 드워프에게 돌아왔지만 그사이 수많은 위험에 노출되고 말았다.

방패 엄호가 사리지자 하이 엘프 아앙의 뇌격시 공격은 정확도가 급격히 떨어졌고, 갑자기 증가한 대지의 뇌격시 공격을 막기에 급급했다.

전세는 순식간에 역전되고 말았으니…….

오크 로드 형제는 방어는 안중에 없다는 식으로 아앙과 워 드워프에게 엉겨 붙었다.

다시금 상체에 상처가 파이고 구멍이 숭숭 뚫렸지만 오로지 공격이었다.

어둠의 폭주가 아앙과 워 드워프를 휘감았다.

둘 중 파탄을 드러낸 것은 아앙이었다.

가로로 휘둘러진 창대를 활로 막아야 했고, 엄청난 충격을 이기지 못해 볼썽사납게 땅을 덱데굴 굴러야 했다.

워 드워프도 그 뒤를 따라야 했으니, 머리와 가슴을 방패를 들어 가렸다. 방패 위로 수십, 수백에 달하는 대지의 뇌격이 작렬하며 꼼짝없이 붙들리고 말았다.

와당탕탕탕탕탕탕—!!

대지의 뇌격시에 유린당한 방패에서 빛의 파편이 튀었다.

갑작스러운 어둠의 폭주에 대한 이유는 누구도 알지 못했다.

아앙은 이게 아닌데 하는 얼굴로 봉긋한 가슴을 거칠게 들썩이며 숨을 골랐다. 하나 그 작은 여유조차 주지 않겠다는 오크 로드의 공격이 몰아쳐 들어왔고, 아앙은 허둥지둥 물러나기에 바빴다.

기어이 창대에 얼굴이 강타당했고, 공중에 길게 체공한 채 땅바닥에 털썩 떨어졌다.

일어나려는 아앙의 등 뒤로 창대가 사정없이 떨어져 내렸다.

"아악—!"

아앙은 뾰족한 비명을 토하며 땅바닥을 나귀처럼 뒹굴어 그다음 공격을 피해냈다.

미려한 의상에서 우아한 외모까지 순식간에 엉망이 되고 말았다.

워 드워프에게 퍼부어졌던 대지의 뇌격시는 방패에 가려지지 않은 신체 부위를 사정없이 관통해 들었다.

워 드워프의 발등에 뼈가 드러났다.

"크으으으—"

워 드워프 역시 고통스러운 비명을 지르며 그 자리에 주저 앉고 말았다.

이제 두 유저의 목숨은 오크 로드 형제 손에 넘어간 것이나 마찬가지. 장로 드워프들은 안타까운 얼굴로 이 사태를 지켜볼 따름이다.

절대의 영역은 절대 참견을 허용하지 않기에.

"어이, 들창코 엔드 뻐드렁니! 거기까지."

두 오크 로드를 향해 낮은 저음으로 말했다.

하나 둘은 나를 거들떠보지 않았다.

오크 로드는 방패를 걷어차 워 드워프의 얼굴과 상체를 노출시켰다.

워 드워프의 얼굴은 고통으로 일그러져 있다.

그 워 드워프의 이마 정중앙에 대지의 뇌격시가 겨누어지려는 찰나,

질풍가도의 기운을 실은 패왕투기를 방출했다.

후우우우우웅—!!

빛과 어둠이 뒤엉킨 절대의 영역이 밀려 나갔다. 아침 여명이 담긴 붉은 서기가 그 자리를 대신했다.

그제야 동시에 돌아보는 오크 로드 형제였다.

뜻하지 않은 간섭에 반응한 자신들이 믿을 수 없다는 얼굴로 일그러졌다.

“이건 뭐지?”
“신기의 파장이 밀리다니… 있을 수 없어!”

전문 용어로 이런 걸 ‘어글이 튄다!’ 라고 하지.
절대 어글리 페이스가 아니다.

*   *   *

이번만큼은 방관자이고 싶었다.
그렇다. 나서고 싶어 나선 게 아니다.
그 무언가가 나를 나서게 만들었다.
깊은 지저에서 올라온 어둠이 폭주하는 순간, 대지의 눈이
반응했다. 꼭 감겨 있던 눈이 떠졌다.
고오오오오오—
허리에 흘러내린 검대에서 깊은 진동이 타고 올라와 시신
경의 증폭을 가져왔다.

<blockquote>
대지의 눈이 눈을 떴습니다.

보이는 것이 전부가 아닙니다. 상(像)을 버리고 색(色)을 보십시오.
</blockquote>

형상 가운데 보이지 않던 것들이 보이기 시작했다.

이것은 색이었다.

지금 모든 대상이 고유의 색을 발하고 있다.

당황한 오크 로드에게선 건강한 녹색 파장이 거칠게 뿜어져 나왔고, 쓰러진 아앙과 워 드워프에게선 탁한 오렌지 파장이 은은하게 흘러나오고 있다.

그리고 장로 드워프들에게선 불길한 회색 파장이 쉼없이 서로와 교류하며 퍼져 나왔다.

그 왕성한 형형색색 파장 한가운데 꽃이 피어 있다.

드워프들에 둘러싸여 두 손을 모은 채 엎드린 빅마마에게 연약한 연분홍색 파장이 은은하게 뿜어져 나와 오크 로드 형제들에게 공급되고 있었다.

이 파장의 형상은 활짝 핀 연꽃이었다. 내 눈엔 분명 그렇게 보였다.

오크 로드 형제가 아앙과 워 드워프에 밀리다 극적인 반전을 이룬 것은 저 빅마마의 기도가 있었던 것이다.

저 기도가 타르타로스의 어둠을 증폭시켰다.

그리고 저 기도의 파장이 신기인 대지의 눈을 뜨게 했다.

어렴풋이 신기의 비밀에 다가서고 있음이 느껴졌다.

어머니의 기도, 어버이의 울부짖음, 이 세상에서 제일 간절한 염원을 발하는 이들이 아니던가.

어쨌든 대지의 눈이 만든 이변을 음미할 시간적인 여유가 없다.

아앙과 워 드워프의 숨통을 끊으려는 순간을 방해한 나에게 오크 로드 형제는 새로운 방해자의 등장으로 받아들인 듯하다.

"방해자는 죽인다—!"

너부러진 아앙과 워 드워프를 놔두고 오크 로드 형제는 사나운 공격을 뿌려 왔다.

먼저 대지의 뇌격시가 수백 발 파고들었다.

동화율을 순간적으로 오버 플로!

형상을 지우고 모든 정보를 색으로 전환, 0.001초를 0에 수렴시켰다.

365개나 되는 진녹색 뇌격시가 공중에 정지한 채 0.000001밀리미터씩 나를 향해 접근하고 있었다.

이미 코끝에 당도한 뇌격시도 있다.

군주의 검을 휘둘렀다.

검붉은 궤적을 따라 대지의 뇌격시가 담긴 녹색이 배어 있는 어둠의 입자가 검끝에 스며들었다.

투타타타타탕—!!

내가 만들어낸 검붉은 궤적이 진녹색 빛의 다발을 집어삼켰다.

그렇게 뇌격시 다발을 요격했다.

타르타로스 장창 찌름을 방어할 차례!

쌍방간의 거리는 무려 20미터 밖임에도 창은 나의 두 눈과 가슴 정중앙, 그리고 복부를 향해 직선으로 뻗어오고 있었다.

군주의 검을 그 직선에 마주해 찔러 넣었다.

바늘 끝과 바늘 끝이 단 한 치의 오차 없이 충돌했다.

꽈르르릉—!!

검끝을 타고 타르타로스 특유의 어둠의 기파가 빨려들었다.

충만한 기운에 끓어오르던 뇌 속이 개운하게 식혔다.

순식간에 오크 로드 형제의 공격은 무마되었다.

도약. 상대에게 놀라는 틈조차 주지 않고 공간을 압축, 검을 휘둘렀다.

휘둘러진 검끝과 검면을 타고 검붉은 오러가 난 줄기처럼 토해져 나왔다.

파편 무구의 기파가 실려 있지 않은, 그간 내가 이룬 성취의 산물이라.

차층, 츠파핫—!

파괴적인 에너지 다발이 폭사되어 오자 허둥지둥 각자의 파편 무구를 동원해 방어하기에 급급한 오크 로드 형제였다.

완벽하게 이 둘과의 거리를 좁혔다.

장창의 오크가 활의 오크를 엄호하는 식으로 막아왔다.

군주의 검이 창대와 격돌했다.

이것은 무기 대 무기 충돌!

꽈릉―!!

오크 로드의 근육이 팽창하며 창대와 격돌한 군주의 검을 교묘히 낚아 등 뒤로 날려 버렸다. 엄청난 근력이었다.

감탄할 여유가 없다. 하늘에 체공한 나를 향해 투창과 같은 특대의 대지의 뇌격시 하나가 파고들었기에.

대지의 검을 세워 뇌격시를 갈랐다.

투쓰웅―

이 뇌격시는 군주의 검이 흡수하지 못했다.

"큭."

대지의 속성 가운데 금속의 기운이 충만한 뇌격시였다.

그 금속 기운에 반탄되어 체공한 몸은 반대편으로 튕겨져 나갔다.

그곳엔 장창의 오크 로드가 창끝을 겨누고 있다.

그리고 무기와 무기 간의 격돌, 다시금 체공하는 나.

동시에 금속 기운이 가득한 뇌격시가 체공한 나를 노려 왔다.

검을 휘둘러 금속 기운을 튕겨냈다. 아니, 몸 전체로 튕겨
졌다.

"훗."

마치 내 몸이 배드민턴 셔틀콕이 되어 이쪽저쪽 튕겨져 날
아오르는 형국이 이어졌다.

이거 재미있다.

공중에서 드워프들의 난감한 얼굴이 보였다.

두 오크 로드가 인간 하나를 공중에 띄운 채 희롱하는 그림
으로 보이리라.

그렇게 이 둘이 어떤 공격을 가해도 나는 반탄하는 식으로
대응했다.

그제야 두 오크 로드의 얼굴에 당황함이 걸리기 시작했
다.

나를 주고받을 때마다 조금씩 공중에 체공하는 시간이 늘
어나고 있다.

오크 로드 형제의 얼굴엔 당황함이 역력하다.

파편 무구를 가지지 않은 유저를 상대로 이게 무슨 꼴이란
말인가.

두 눈에 분노의 불길로 이글거렸다. 형제 간에 눈빛의 교차
가 있었다.

끝을 내려 함이다.

투탕—!

반탁력이 과하게 실린 뇌격시에 튕겨져 올라갔고, 부드럽게 포물선을 그리며 하강했다.

무려 3초간이나 공중에 떠 있다.

그사이 둘이 서로의 거리를 좁혀 뭉쳤다.

연약한 복부를 노리고 창이 세워졌고, 체공한 나를 향해 수십 발의 뇌격시가 동시에 당겨졌다.

그렇게 둘이 동시에 나를 노렸다.

막 이들의 공격이 나에게 닿을 찰나, 나는 검을 수평으로 발밑에 두며 몸을 웅크렸다.

양발 끝으로 검면을 부드럽게 박찼다.

비상!

다시금 최고점까지 상승했고, 이 둘이 합심한 야심찬 공격은 발밑의 공기를 사납게 휘저었을 뿐이다.

파츠츠츠츠츠층—!

대가가 찢어지며 거칠게 빛의 입자를 뿌렸다.

이어 급속 하강하며 오러 다발을 뿌렸다.

이 둘의 타이밍을 교란시키며 착지, 동시에 장창의 오크 로드 가슴 정중앙을 노리고 검끝을 찔러 넣었다.

“하압—!”

“큭—!”

간신히 허리를 등 뒤로 젖혀 회피하는 장창의 오크 로드였
다.

하나 이 공격은 어떤 힘도 담지 않은 찌름이었다.

검을 회수하는 반동으로 온몸을 날려 상체를 막 일으키는
오크 로드의 가슴팍에 팔꿈치를 밀어 넣었다.

몸이 정지하는 반동으로 팔꿈치 모서리 끝이 오크 로드의
명치에 닿았다.

뻐걱—!

근육 속 뼈까지 충격이 전해졌다.

"커헉—!"

창대의 오크 로드는 숨길이 일시에 막히며 동작이 굳었고,
이를 파고들며 머리를 치켜 놀렸다.

장신의 오크 로드 턱 끝에 내 정수리 끝이 닿았다.

터격!!

"윽!!"

아름드리나무가 쓰러지듯 장창의 오크 로드는 대자로 하
늘을 향해 대지에 드러눕고 말았다.

등 뒤로 사나운 기파가 파고들어 왔다.

치켜든 머리 궤적을 따라 역 텀블링으로 뇌격시를 흘려보
냈다.

회전하는 순간 복부를 스치고 자나가는 뇌격시의 느낌이

찌릿찌릿했다.

검을 고쳐 쥐고 활의 오크 로드를 향해 몸을 날렸다.

달려드는 뇌격시를 차근차근 검으로 쳐서 잘라냈다.

그런 식으로 접근하자 활의 오크 로드는 반보씩 물러나며 뇌격시를 날렸다.

투타타타타타타탕—!

검을 따라 검은 빛의 입자가 사납게 튀었다.

"하아— 압!!"

동화율을 순간적으로 한계점 밖으로 넘기며 거리를 단축했다.

그리고 그 여운이 사라지기 전에 검 손잡이 끝에 붙은 묵직한 대지의 눈 장식으로 복부를 가격했다.

"커헉—!"

들숨이 막혀 버린 탁한 기함을 토하며 활의 오크 로드의 등이 굽었다. 무릎을 쳐올려 오크 로드의 턱을 가격했다.

퍼억!

오크 로드의 머리가 90도로 꺾이며 그 자리에 풀썩 엎어지는 식으로 쓰러졌다.

설명은 길었지만 두 오크 로드를 제압하기까지 걸린 시간은 채 2분이 되지 않았다.

"헉헉!"

색을 보지 못했으면 더 많은 시간을 들였어야 했다.

그만큼 초반 기선제압이 주효한 대결이었다.

그리고 그들에게 파편 무구의 권능이 있었지만 나에겐 그들이 깨운 신기의 권능이 있었다.

"이럴 수가!"

"파편 무구조차 없는 인간이 어떻게……."

"믿을 수 없어."

드워프들의 술렁임이 컸다.

오크 로드 둘이 나에게 허무하게 쓰러지자 주변 공기는 차갑게 식었다.

나는 허리를 꼿꼿하게 세우며 자연스러운 동작으로 타르타로스의 창과 활을 회수했다.

그제야 워 드워프와 아앙이 쓰러진 충격에서 정신을 차리기 시작했다.

"으윽."

"크윽."

여전히 신경이 타들어 가는 고통에 몸을 가누지 못하고 있다.

하나 그들은 나의 결투를 놓치지 않고 보았다는 증거이기도 했다.

오크 형제 둘은 충격을 이기지 못해 일어섰다 쓰러졌다를 반복하며 서로를 향해 다가들었다.

서로를 부축하며 몸을 간신히 일으켜 세웠다. 그리고 동시에 쓰러졌다.

유저로서 진력이 다한 것이다.

파편 무구 없는 오크 로드 형제는 그저 장대한 오크일 뿐이었다.

나는 검을 어깨 한쪽에 걸친 채 그 둘에게 다가갔다.

장로 드워프들이 외쳤다.

"유저인이여, 그 둘을 당장 끝을 내게."

"당장 죽여!"

"대지의 심장은 무사하네. 그러니 어서 빨리……."

로드 둘을 처단할 수 있는 절호의 기회다.

파편 무구 역시 둘이나 내 손에 있다. 하나 무구의 주인들이 아직 데드 상태가 아니니 아직 주인으로 인정받지 못하고 있다.

"죽여—!"

"끝을 내—!"

"어서 빨리—!"

드워프들의 광기의 외침이 거칠게 일었다.

그때였다.

워 드워프와 아앙이 자신들의 무기를 의지해 다가왔다.

"비켜. 우리가 끝을 내주지."

"칫, 시간이 없다고."

이 둘이 나를 보는 눈은 크게 흔들리고 있었다.

나는 갈피를 잡지 못하고 있었다. 솔직히.

대지의 눈을 깨운 건 이들 오크 로드 형제이기에. 아니, 정확히 빅마마라 해야 하나?

빅마마를 바라보았다.

기원을 멈춘 채 눈물을 흘리며 자식들을 바라보고 있다.

그녀를 중심으로 만개한 연잎은 봉우리를 모은 상태다.

그녀를 에워싼 드워프들의 색은 탁했다. 워 드워프와 아앙의 색 역시 탁했다. 그 색이 무엇이든 탁하게 오염되어 있었다.

절뚝거리는 아앙이 활을 겨누었고, 워 드워프는 앉은뱅이 자세로 방패를 던질 자세를 잡고 있었다.

둘 사이에 오렌지색 탁한 교류가 이루어지고 있다.

"유저로서 마무리를 남에게 넘기는 건 도리가 아니지."

나는 손을 들어 이들의 행동을 멈추게 했다.

"칫."

"그럼 어서 죽이라고……."

안타까운 목소리로 마지못해 무기를 내려놓았지만 눈빛은

탐욕으로 가득 차 있었다.

나는 고개를 끄덕이며 몸을 틀어 대지의 검을 치켜들었다.

저 멀리 검게 타들어 간 숲 사이로 은은한 오렌지색 고운 원이 올라오는 게 보였다.

오크 로드 형제는 허망한 눈으로 나를 올려다보았다. 마지막으로 동시에 빅마마를 시야에 담더니 서로를 와락 부둥켜안았다.

결정했다.

나는 검을 휘둘렀다. 한 치의 의심도 없이.

부우우우우우우우우우우우우북—!!

검붉은 궤적 하나가 대기를 가르며 날아갔다.

푸학—!!

두 개의 머리가 하늘 높이 튀어 올랐다.

잘린 두 개의 머리가 굴러가 드워프들 발치에 멈추었다.

아앙과 워 드워프의 머리였다.

"……!!"

경악하는 드워프와 아앙의 동료들.

머리를 잃은 그 둘의 몸은 파편 무구가 들어 올린 자세였다.

……

정적을 타고 마른 바람 한줄기가 내 몸을 스치고 지나갔다.

드워프 일족과 엘프 일족이 종족의 악적으로 나를 지목했
다.

『기갑전기 매서커』 15권에 계속…

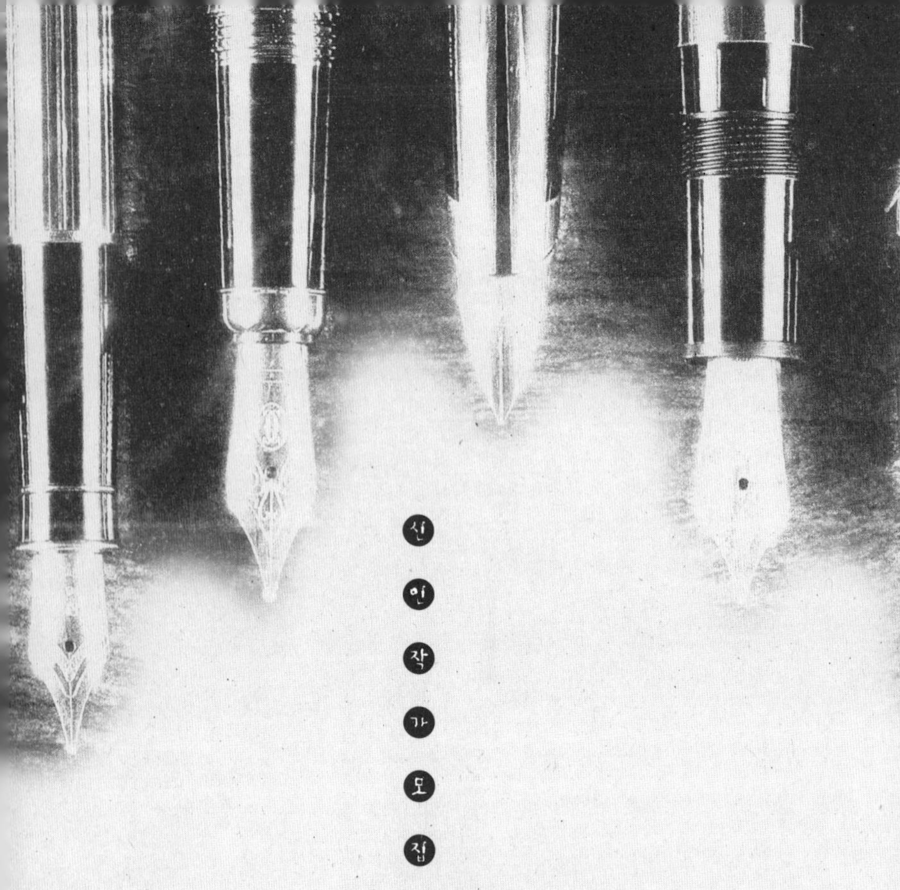

신

인

작

가

모

집

시작이 반이라고 했습니다.
작가의 길에 대한 보이지 않는 벽을 과감히 깨뜨리십시오!
청어람은 작가 지망생 여러분들의
멋진 방향타가 되어드리겠습니다.

저희 도서출판 청어람에서는
소설 신인 작가분들을 모집합니다.
판타지와 무협을 사랑하시는 분들의 많은 참여를 바랍니다.
소정의 원고(A4용지 150매)를 메일이나 우편으로 보내주시면
검토 후 출판 여부를 알려드리겠습니다.

주소:경기도 부천시 원미구 심곡2동 163-2 서경B/D 2F 우편번호 420-822
TEL:032-656-4452 · FAX:032-656-4453
http://www.chungeoram.com
e-mail:chungeoram@chungeoram.com

장강삼협
長江三峽

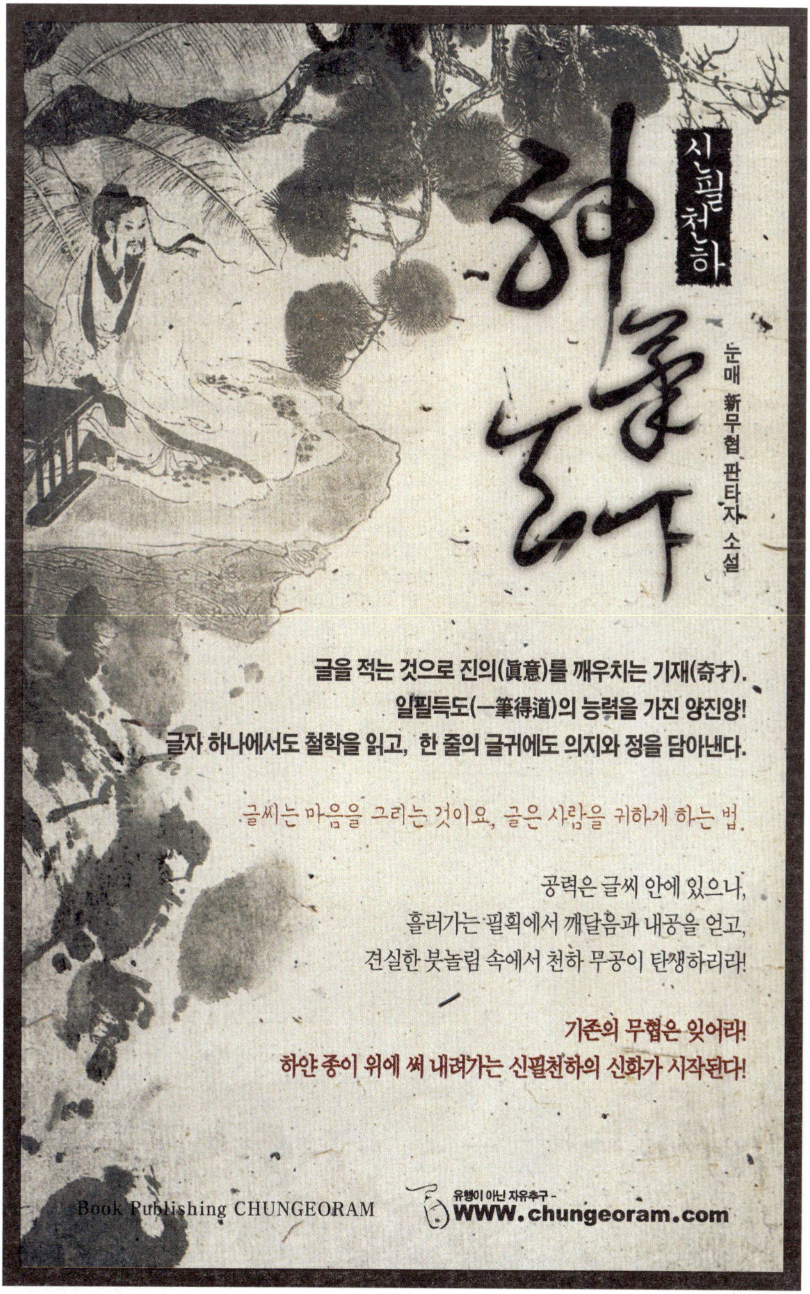